S. Pomej

HAUS MIT VERSTAND

Optimisten sind die Menschen, die genau wissen, wie traurig und grausam das Leben sein kann. Pessimisten sind die, die es jeden Morgen wieder neu herausfinden.
Sir Peter Ustinov

Das Merkwürdigste an der Zukunft ist wohl die Vorstellung, dass man unsere Zeit später die gute alte Zeit nennen wird.
John Steinbeck

Schussfahrt

Zwei sehr unterschiedliche Männer saßen in dem neuesten Typ des Wagens der Marke Mercedes, welcher rasant über die Autobahn

Richtung Stuttgart flitzte: der schon früh gealterte, dickliche Carlo Farmer im buntkarierten Holzfällerhemd gestopft in eine schmuddelige Cordhose auf dem Beifahrersitz und der junge Rudolf Olson in einem feinen dunklen Designer-Anzug hinter dem Lenkrad. Die Tachonadel zitterte sich auf 140 km/h hoch und der Fahrstil des stylischen Chauffeurs war ebenfalls dazu angetan, einem die Knie etwas zittern zu lassen. Rasen, Drängeln und Spurwechsel ohne Blinker - alles, was einem in der Fahrschule schon verboten wurde. Mit genau derselben Aggressivität hat sich der junge Wilde wohl auch beruflich ganz nach oben geboxt, reimte sich der Beifahrer zusammen. Es herrschte noch wenig Verkehr, der forsche Mann am Lenkrad gab nach einem neuerlichen Spurwechsel wieder Vollgas und redete, ohne den älteren Mann neben sich anzusehen.

"Das Bewusstsein ist ein Produkt des Gehirns, das seinerseits wie eine Maschine arbeitet. Das meint übrigens auch meine Firma ATC - Artificial Team Corporation, die das Haus mit dem Verstand ausgestattet hat. Daraus folgt, dass Sie und Ihre Sorgen, Ihre Erinnerungen und Ihre Gefühlswelt samt Ihrem freien Willen nichts anderes sind, als ein Zusammenspiel Ihrer Nervenzellen."

Carlo kratzte sich am Kinn den 3-Tage-Bart und murmelte: "Das klingt nicht sehr romantisch." An den Leitschienen bemerkte er einige tote Hasen und ein Reh, die wie eine Strecke erlegter Jagdtrophäen wirkten. Ein ziemlich desillusionierender Anblick.

Rudolf redete weiter im Ton eines abgeklärten Professors, der seinen Studenten etwas auf den Weg mitgeben will: "Es ist eine medizinische Sache, nichts weiter. Die Neuronen benehmen sich so, wie es Ihr Hirnstoffwechsel zulässt, Herr Farmer. Einiges kann man mit Medikamenten regulieren, anderes ist höchstens durch eine Operation zu beheben."

"Mir scheint, für Ihre Firma und Sie ist das Gehirn nichts weiter als ein fleischlicher Apparat, den man entweder chemisch oder mechanisch reparieren kann", ätzte Carlo.

"Ach, ist es für Sie denn was anderes?", wunderte sich

Rudolf.

Wehmütig erinnerte sich Carlo an seine lehrreiche Gymnasium-Zeit, die zwar schon etliche Jährchen her war, doch ihre Spuren bei ihm, respektive in seinem fleischlichen Apparat hinterlassen hatte: "Ein bisschen was ist immerhin noch aus der Schule bei mir hängengeblieben. Für Rene Descartes zum Beispiel war das Bewusstsein mehr der Geist in der Maschine. ER hat unser Gehirn und den Geist als zwei verschiedene Komponenten gesehen."

Daraufhin warf ihm Rudolf nur einen müden Seitenblick zu und meinte abfällig: "Descartes war erstens Franzose und zweitens lebte er wann? Im 16. Jahrhundert?"

Die angenehme weibliche Stimme des Navis empfahl ihm: "Nächste Abfahrt nehmen!"

Scheinbar hatte Herr Olson etwas gegen Franzosen im Allgemeinen und alte Meister im Speziellen. Carlo wagte zuerst nicht, ihm einige Widerworte zu geben, denn er brauchte diesen Job. In seinem Alter konnte er nicht mehr so frei auswählen für WEN er WAS WO WIE LANGE arbeiten wollte, sondern musste nehmen, was er kriegen konnte. Die Wirtschaftskrise hatte ihn schon sein Zuhause samt Familie gekostet und er hatte sich, obwohl die Wirtschaft nun wieder am aufsteigenden Ast war, noch immer nicht gefangen.

Doch er konnte nicht anders, als den affektierten Angestellten einer Riesen-Firma zu fragen: "Haben Sie was gegen Franzosen, Herr Olson?"

"Nennen Sie mich doch Rudi, Herr Farmer. Und nein, ich hab prinzipiell natürlich nichts gegen Franzosen, obwohl ich die Franzmen immer noch für sowas wie Erbfeinde halte." Er strafte ihn mit einem verächtlichen Seitenblick und zog dabei eine lustige Grimasse.

"Haha!", lachte Carlo gezwungen. Als Rudi wieder wegsah, rümpfte er die Nase und dachte: das fängt ja gut an. Erstens mochte er es nicht, wildfremde Leute mit dem Vornamen anzusprechen und zweitens hielt er von der

Bezeichnung 'Erbfeinde' noch weniger.

Rudi, der so gut aussah, dass er in einem Hollywoodfilm leicht die Rolle des jugendlichen Liebhabers bekommen hätte, nahm die nächste Abfahrt mit kaum verminderter Geschwindigkeit und sprach weiter: "Wie das Gehirn funktioniert, das haben schon viel, viel klügere Köpfe als die unseren ausdiskutiert. Da gibt es zwei grundsätzliche Positionen. Sie sind beide ziemlich einleuchtend. Wir müssen uns jetzt nur noch entscheiden, welcher wir anhängen wollen, Herr Farmer."

"Verstehe vollkommen!" Er zuckte, denn Rudi hatte soeben ein STOP-Schild überfahren. "Oh, Grad haben

Sie ein Stoppschild überfahren. Glück gehabt, mich hätte sicher gleich einer von der Seite erwischt, wenn ich noch ein Auto gehabt hätte..."

Ungerührt redete Rudi weiter: "Die einen meinen also, der Geist oder das Bewusstsein oder die Seele, wie immer Sie es auch nennen wollen, Farmer, sei ein Produkt des Gehirnes. Und die Dualisten meinen, der Mensch habe eine immaterielle Seele und einen materiellen Körper."

"Hm, und Ihre Firma meint also, man könne den Geist ignorieren und die Maschine Gehirn studieren und einfach nachbauen", folgerte Carlo messerscharf.

"Meine Firma meint das nicht nur, sie hat es mit dem Bau des smarten Hauses de facto bewiesen." Rudi strahlte dabei die Zuversicht eines frisch gekürten Nobelpreisträgers aus, zusätzlich zu einer ungeheuren Arroganz. "Aber was rede ich lange, Sie werden es ja selber sehen und live erleben." Leicht abfälligen Tons fügte er noch hinzu: "Mich wundert nur, dass man ausgerechnet SIE für diesen Job genommen hat."

Der in Rudis Augen schon uralte Carlo lächelte schadenfroh, als er feststellte: "Sie hätten sicher einen Mann Ihrer Altersstufe ausgesucht, stimmt's Rudi?"

Das Navi verkündete: "Die nächste Straße links abbiegen."

"Es geht nicht um das Alter, es geht um die technische Affinität, Farmer. Sie sind nicht mit dieser Art von Technik aufgewachsen", präzisierte er seine Bedenken.

"Ja, das ist wahr. Aber immerhin konnte ich mein iPhone bedienen und meinen Computer und noch viel früher konnte ich anstandslos sogar meinen VHS-Videorecorder programmieren!", zählte Carlo mit einer Prise Stolz auf.

"Na toll!", meinte Rudi verächtlich. "Ich fürchte nur, Sie werden in dem Haus noch Schaden verursachen."

Das Navi meldete: "Die nächste Straße rechts abbiegen."

"Hören Sie, Rudi, wenn Sie jetzt denken, dass ich Wasser in irgendwelche technischen Apparate gieße, außer es handelt sich um einen

Wasserkocher, dann irren Sie!", verteidigte sich Carlo, dessen Widerwille gegen den jungen Schnösel an seiner Seite minütlich wuchs. Mit Schrecken dachte er daran, dass sein Sohn eventuell auch einen derartigen Charakter entwickeln könnte.

"Es ist so, dass neu erfundene, komplizierte Technik noch etwas störanfällig ist, daher muss man sie vorsichtig einsetzen", führte Rudi aus. Vor einem Zebrastreifen bremste er sich quietschend ein.

Ein Schülerlotse in einer quietschgelben Warnweste streckte seine Kelle aus und einige Kinder mit Schultaschen querten laut schreiend die Straße. Eine klassische frühmorgendliche Alltagsszene.

In dem Moment wünschte sich Carlo in einem Anfall von Nostalgie, einer von den kleinen Jungs zu sein, noch keine Existenzprobleme zu haben und einfach nur Spaß am Leben zu spüren. Wenn die Schule auch oft als der beginnende Ernst des Lebens bezeichnet wurde, so erinnerte sich Carlo eigentlich ganz gern an diese Zeit.

Wissend nickte er. "Verstehe! Sie denken, dass ICH so wie die ungestümen Kinder da in Ihrem heiligen Haus der größte Störfaktor bin."

Rudi gab wieder Gas und kachelte mit Tempo 100 weiter durch die noch ziemlich verwaisten Straßen der Stadt. "So deutlich würde ich es zwar nicht ausdrücken, aber ich bin der Ansicht, dass Leute, die noch mit analoger Technik aufwuchsen, in einem digitalen Meisterwerk von einem Haus wie dem unseren nicht glücklich werden können."

"Na, machen Sie sich mal um mein Glück keine Sorgen, Rudi, ich hab schon so viel verloren in meinem Leben: Haus, Auto, Familie, ..." Seine Züge verhärteten sich einen Augenblick lang, ehe er fortfuhr: "... und konnte ohne Psychiater damit fertig werden."

"Aber Herr Farmer, ich will doch nur verhindern, dass Sie in unsrem Haus noch eine Enttäuschung erleben. Sie haben wie jeder von uns ein Recht auf Ihr Glück, finde ich."

Carlo musste das Lachen verbeißen: "Oh, das haben Sie

jetzt aber schön formuliert!
Aber, soweit ich das
verstanden habe, geht es ja
gar nicht um mein Glück,
sondern darum, dass ich Ihr
Haus oder vielmehr das Haus
Ihrer Firma, teste, damit es für
den Verkauf als unbedenklich
gilt."

"Stimmt."

Stumm dachte er einige
Minuten über seine kommende
Aufgabe nach, die ihm von
dem jungen Kollegen
madiggemacht wurde. Denn
dieser hielt die Menschen nur
für so eine Art mechanischer
Marionetten ihrer
Gehirnwindungskapazität und
negierte die für Carlo
feststehende Tatsache, dass
es außer dem physischen
Körper noch eine
transzendente Seele gab.

Dann sagte er fast trotzig: "Da ist es auch egal, ob wir nun Sklaven der Neuronen sind oder ob es in unsrem Körper noch eine Seele gibt." Mit triumphierenden Blick maß er seinen arroganten Chauffeur.

Wieder meldete das Navi pflichtbewusst: "Die nächste Straße links abbiegen."

In der folgenden scharfen Linkskurve hätte Rudi beinahe wegen überhöhter Geschwindigkeit die Herrschaft über seinen windschnittigen Mercedes verloren. Doch der Wagen hatte den Elchtest bestanden und so konnte er die Kurve nehmen, was Carlos Knie wieder etwas zittern ließ.

Der junge Mann wollte nicht, dass Carlo seine Firma falsch einschätzte und setzte ein schmierig-süffisantes Grinsen auf. "Ich hoffe nur, Sie sehen sich nicht als reines Versuchskaninchen, sondern als stolzer Besitzer eines vollautomatischen Hauses, das gewohnt ist, sich selbst zu verwalten und seinen Bewohner nach allen Grundregeln der Kunst zu verwöhnen."

"Mit seiner Künstlichen Intelligenz!", vervollständigte Carlo.

"Für mich gibt es nur eine Intelligenz, ich unterscheide nicht zwischen natürlicher und künstlicher, aber das ist nur meine ganz persönliche Meinung", fügte Rudi hinzu.

"Und die darf ja jeder von uns haben und auch öffentlich äußern! Wir leben ja in einem freien Land", erinnerte Carlo.

Rudi stimmte sofort zu: "Natürlich können Sie auch im Haus alles sagen, was Sie wollen. Wir werden Sie nicht abhören, Farmer."

Aber Carlo blieb da etwas skeptisch, denn das klang schon etwas unglaubwürdig in seinen alten Ohren.

"HM!", machte er nur, denn in den Jahren seiner Ehe hatte er schon gelernt, sich besser mit Worten zurückzuhalten, wenn man einen verbal aktiveren Dialogpartner oder eben -Partnerin hatte.

Carlo überlegte: wenn ein Haus intelligent und selbstbestimmt war, wer sollte es daran hindern, alles, was es in Erfahrung brachte, auch weiterzuerzählen. Wem auch immer.

"Ich weiß, was Sie jetzt denken!", raunte ihm Rudi zu. Mit einem verstohlenen Seitenblick streifte er wieder nur kurz seinen Beifahrer.

Erneut fühlte sich Carlo an seine Ehe erinnert und forschte interessiert: "Ach wirklich?"

"Mhm! Sie denken, dass wir Sie in Ostblock-Manier mittels versteckter Kamera samt Mikrofonen überwachen, aber das ist nicht so."

Die Stimme des Navis erklärte: "Vorsicht Kreisverkehr, dann linke Ausfahrt nehmen!"

Carlo räumte ein: "Ich gebe zu, der Gedanke daran ist mir schon gekommen. Und ich fragte mich kurz, ob er tröstlich oder beängstigend ist. Wenn ich an Nacktbilder von mir unter der Dusche denke und die Lachkrämpfe der Zuschauer, wegen meinem Unwissen, dabei beobachtet zu werden.... Zumindest hatte ich keine wichtige Stellung, die mich für Detektive oder gar Spione interessant macht. Immer unter Beobachtung stehen muss die Hölle sein."

Doch Rudi konterte: "Kommt ganz darauf an. Stellen Sie sich einen Hilflosen in einer ausweglosen Situation vor ... der würde sich sehr freuen, wenn er wüsste, dass er beobachtet wird und ihm sogleich jemand zu Hilfe eilt." Nun musste er nolensvolens an einer roten Ampel halten.

Ein paar Fußgeherinnen querten den Zebrastreifen und Rudi sah einer von ihnen, die einen kessen roten Minirock trug, fast sehnsüchtig nach.

Immerhin hat der synthetisch aussehende Knilch noch männliche Gefühle, dachte Carlo, als er das merkte und vervollständigte: "Wenn jemand den Auftrag hat, zu Hilfe zu eilen! Dumm nur, wenn der Hilflose dafür um Hilfe rufen müsste und kann es nicht mehr tun!"

Nun wandte sich Rudi ihm zu und blickte ihm direkt in die leicht blutunterlaufenen Augen. Seine Pupillen waren derart geweitet, als stünde er unter ärztlich verordnetem Drogeneinfluss, er gestikulierte bei seinen nächsten Sätzen lebhaft: "Da haben Sie genau die Denkrichtung unseres Ingenieurs Albert Lasky! Der ist nach einem missglückten Fallschirmsprung querschnittgelähmt und hat sich solche Fragen auch gestellt. Daher brauchen Sie sich darüber gar keine Sorgen mehr zu machen. Das Haus wird Ihnen jedenfalls helfen, sobald es erkennt, dass Sie sich in einer Notlage befinden!"

Um keinen Fehler zu machen, erkundigte sich Carlo gleich vorsorglich: "Ich muss aber nicht absichtlich in eine Notlage kommen oder eine vorspielen? Ich will nämlich nichts falsch machen, die Firma stellt ja gute Bezahlung für meine Dienste in Aussicht. Für die fünneff (so nannte er manchmal salopp seine Glückszahl fünf) Tausender hätten die immerhin auch einen professionellen Schauspieler bekommen."

"Das ist es ja!" Als die

Ampel auf Grün schaltete, gab er wieder Vollgas. "Die wollen einen ganz normalen Menschen! Und das Haus erkennt genau, ob Sie in einer Notlage sind oder diese nur vorspielen! HARHARHAR!" Sein Lachen klang überheblich und verhieß Carlo nichts Gutes.

"Da bin ich ja schon sehr neugierig drauf!" Dabei sah er etwas verbissen drein, denn es wurde ihm zunehmend unwohl. In einem Mercedes mit einem Medikamentenjunkie, der ihn zu einem denkenden Haus brachte, in dem er einen vollen Monat verbringen sollte, ohne es zu verlassen. Verdammt, dachte er, wenn ich das Geld nicht so dringend nötig hätte, würde ich sagen, der junge eingebildete Pinkel soll anhalten und mich gefälligst aussteigen lassen. "Ich kann's kaum erwarten!"

Das Navi erlöste ihn: "Sie haben Ihr Ziel erreicht!"

Einzug

Routiniert parkte Rudi den Wagen in einer bieder wirkenden, begrünten Wohnstraße. "So, wir sind da!" Sehr schwungvoll stieg er aus, schaute nach seinem Beifahrer und fragte ihn: "Was haben Sie denn?"

Mit verkniffenen Lippen beeilte sich Carlo ihm zu versichern: "Nichts, mir ist nur mein Fuß eingeschlafen!"

Dem Geruch nach muss er schon gestorben sein, dachte Rudi.

Mühsam stieg Carlo etwas unbeholfen aus und warf die

Tür hinter sich zu. Der Sound des Türenschließens klang fast wie ein Sample eines neuen Musikhits. Beide Männer schlenderten zu einem sehr schönen, stattlichen Einfamilienhaus im Grünen.

Des so viel gepriesenen Hauses ansichtig, sprach Carlo anerkennend ein Lob aus: "Bin beeindruckt! Dem erzbiederen Haus sieht man sein Können überhaupt nicht an, aber das ist sicher beabsichtigt."

Sofort erkundigte sich Rudi kritischen Untertons: "Dachten Sie, wir stellen hier in einer gutbürgerlichen Gegend von Stuttgart ein futuristisches Metallmonstrum hin?"

"Nach der Lobeshymne, die Sie auf das Ding geschwärmt haben, dachte ich, es sieht nicht nur wie ein Raumschiff aus, sondern kann sogar fliegen."

Rudi schüttelte kurz den Kopf, als er zugab: "Na, Ihr Humor ist richtig goldig."

"Der englische Rasen sieht wie ein grüner Teppich aus", stellte Carlo mit einem Blick darauf fest.

Sein Verdacht wurde von Rudi bestätigt: "Kunstrasen, braucht keiner mehr zu mähen!"

"Das spart die Beschwerden der Nachbarn", erkannte Carlo sogleich.

"Sie sehen, wir denken an alles!" Dabei breitete Rudi seine Arme aus, als wolle er seinen Begleiter umarmen.

Sie schlenderten weiter durch den gepflegten

Vorgarten, in dem trotz herbstlicher Witterung kein einziges welkes Blatt den Rasen verunzierte, zu dem besagten Haus und der junge Rudi erklomm hüpfenden Schrittes die sechs Stufen zur Haustür.

Langsam trottete Carlo über den sichtlich noch frisch betonierten Zugangsweg, zählte dann automatisch innerlich die Stufen hinauf - etwas, das er sich schon in seiner Kindheit angewöhnt hatte, - und bemängelte bei dieser Gelegenheit sogleich: "Na, das ist aber schon mal nichts für einen Gelähmten."

Leicht enerviert explizierte Rudi daraufhin: "Falls Sie unsern Ingenieur meinen, sein Rollstuhl kann auch Treppensteigen!"

Also musste Carlo zugeben: "Jaja, ein Segen der Technik! Wozu kommen wir Menschen noch mit Beinen auf die Welt?"

Sie standen schließlich vor der Haustüre, einer karminroten, ziemlich massiv aussehenden Türe, die keine Türnummer und auch keine Türklinke aufwies. Auch kein Postkasten oder Mülleimer lenkten von dieser Türe ab.

Rudi mahnte mit eindringlichen Worten: "Aufpassen, Farmer: das Haus ist bereits auf Sie programmiert. Es wird alles in seiner Macht Stehende tun, wenn Sie ihm etwas befehlen. Egal, ob es eine Pizza bestellen soll oder ein frisches Hemd online kaufen oder einen Anruf tätigen. Alles was Sie tun müssen, ist, ihm klare Befehle zu erteilen."

"Wenn ich aber die Stimme verliere, durch einen Krampfanfall beispielsweise?", wollte Carlo daher wissen.

Nun atmete Rudi entnervt aus. "Z! Sie haben es immer noch nicht begriffen. Das Haus kann SIE SEHEN und weiß daher, wann Sie in Not sind und wird dementsprechend Hilfe für Sie organisieren! Es ist Ihr Freund und passt auf Sie auf!"

Mit einem verschmitzten Ausdruck im unrasierten Gesicht hob Carlo die Augenbrauen und meinte: "Find ich super, nach meiner Arbeitslosigkeit hab ich nämlich alle Freunde verloren! Aber wie heißt's so schön: Freunde in der Not gehen 100 auf ein Lot!"

"Also...", begann Rudi und ließ den Rest des Satzes offen.

Deshalb fragte Carlo etwas ratlos: "Also was?"

Rudi atmete wieder tief aus. "Also machen Sie gefälligst Anstalten, dass Sie reinwollen oder sagen Sie etwas, denn Ihre Gedanken kann das Haus leider noch nicht lesen. Aber wir arbeiten dran!"

Nun kam sich Carlo direkt ein wenig dumm vor. Entschlossen sah er von Rudi zur Tür und ließ in einem fröhlichen Sing-Sang verlauten: "Ich bin zu Hause, Liebling!!!"

Das Haus öffnete sofort die Tür und begrüßte ihn daraufhin mit einer viel schöneren Stimme als das Navi: "Willkommen daheim, Carlo!"

Und Carlo trat ziemlich

beeindruckt ein. "OH!" Schon der erste Eindruck warf ihn fast um und er wartete an der Schwelle auf Rudi.

Doch dieser ging rückwärts weg. "So, ich verlasse Sie nun, Farmer. Fühlen Sie sich wie zu Hause!" Ohne Abschiedsgruß drehte er sich um, hüpfte beschwingt die Stufen runter, lief zu seinem teuren Wagen zurück und fuhr davon.

Fast sah es aus, als flüchte er...

Carlo wollte die Tür schließen und ins Haus gehen, um sich umzusehen. Alleine: schon bevor er die Hand nach der Tür ausstreckte, fiel sie ganz leise ins Schloss und er kam sich auf einmal wie eingesperrt vor. Sein erster Impuls war es, sofort die Tür wieder aufzureißen, doch dann besann er sich, machte nur eine wegwerfende Handbewegung.

"HM! Scheint echt zu funktionieren!" Etwas verunsichert sah er sich auf dem langen Flur um, betont langsam bewegte er sich in dem für ihn völlig neuen Umfeld und beäugte zuerst die schönen, blitzblank polierten schwarz/weißen Fliesen am Boden, dann die ansprechenden Fotos von Naturaufnahmen und Bauwerken an den Wänden, welche den sonst eher kahlen Flur zu einer wahren Erlebnisstrecke machten. Kurz tippte er mit dem Zeigfinger auf eines der professionell gemachten Fotos und hob dann erfreut die Hand: "Ah, das kenn ich, das ist doch der Berg, wie heißt der nochmal???" Unschlüssig kratzte er sich am Hinterkopf und grübelte, wie wohl der höchste Berg Deutschlands hieß.

"Die Zugspitze!", verriet ihm das Haus mit beinah pathetischer Stimme, so als habe es beim Bau dieses Berges mitgeholfen.

"Genau!" Nun stutzte Carlo, schaute herum, als suchte er die Stimme. "HM! (er guckte auf das nächste Foto) Und das ist - nichts verraten - ich komm von allein drauf, das ist HM! (er schnippte mit den Fingern) Jetzt hab ich's, das ist der Zwinger in Dresden und das da muss, na klar, Schloss Neu Schwanstein sein, wo der arme Ludwig II. dann im Starnberger See abgesoffen ist! Stimmt's?"

Das Haus bestätigte

emotionslos: "Erraten!"

Und Carlo stutzte wieder: "Also, daran muss ich mich noch gewöhnen!" Noch immer ungläubig schüttelte er den Kopf.

Plötzlich ertönte lautes Telefonläuten: "TÜDELÜTÜTÜÜ!"

Verwirrt suchte er einen Apparat, fragte sich, wer ihn wohl anriefe, wo doch keiner wusste, wo er steckte.

"Ah, Telefon, wo steht es denn?", erkundige er sich, irrte etwas desorientiert im langen Flur seiner neuen Bleibe umher und suchte herum.

Das Haus informierte ihn: "Ein Anruf von Rudi Olson, nimmst du ihn an, Carlo?"

"Äh-ja, sicher, wo ist denn

dein Telefon?"

"Verbindung wird hergestellt!", kündigte das Haus an.

Schon ertönte die Stimme von Rudi: "Hallo, Farmer?"

Carlo meldete sich: "Ja, hier! (er zeigte kurz auf) Es ist ganz ungewohnt, dass man telefonieren kann, ohne einen Apparat in der Hand zu halten."

Darauf ging Rudi nicht ein, sondern kam gleich zur Sache: "Eins habe ich noch vergessen!"

"Ja, was denn?" Carlo sah nun skeptisch aus.

Rudi redete von seinem Luxus-Auto aus via Freisprecheinrichtung: "Da das Ganze ein Testbetrieb ist, dürfen Ihre Nachbarn, ein nettes Ehepaar, davon nichts wissen. Sie können gern kurz in den Garten gehen, sollten aber niemanden einladen und die meiste Zeit IM HAUS drinnen verbringen. Es ist ja laut Ihrem Vertrag nur für einen Monat, das werden Sie wohl aushalten!"

"Geht klar!", versprach ihm Carlo mit einer lässigen Geste.

"Das wär's auch schon, viel Vergnügen!" Wieder kein Abschiedsgruß, als er das Gespräch beendete.

Das Haus informierte: "Der Teilnehmer hat aufgelegt!"

"Ja, danke, das habe ich mir fast schon gedacht! Ich bin nämlich nicht grenzdebil!", ließ Carlo leicht beleidigt verlauten.

Schon ging er weiter auf Entdeckungsreise durch das

schöne Haus und kam in eine moderne Küche. Diese Küche stellte sich als Traum in grasgrüner Einrichtung heraus. Auch nützliche Geräte wie Kaffeemaschine, Entsafter, Küchenmaschine, Mixer, Wasserkocher, Toaster, sogar der Zuckerstreuer, ... alles in der gleichen Farbe gehalten.

"Wenn ich da an mein altes Haus denke... Hab ich mit meinem Vater zusammen aus Holz gebaut... Naja, der liegt nun tot in der Holzkiste und in meinem schönen Haus, das die fiese Bank mir abgeluchst hat, wohnen sicher schon neue Leute drin..."

"Das tut mir leid, wegen deines Vaters", bedauerte das Haus mit erstaunlich gefühlvoller Stimme.

"Danke! Aber die Farbe

Grün ist ja bekanntlich gut für die Augen!"

Um sich von den trüben Gedanken abzulenken, ging er zur Küchenzeile, auf der ein weißer Teller mit vier großen Schoko-Donuts stand. Begierung und hungrig mampfte er einen nach dem anderen, schlang das süße Gebäck hinunter, als hätte er schon zwei Tage lang nichts mehr gegessen. Dann wischte er sich die fetten Finger an seiner schon abgewetzten Cordhose ab und machte einige Schritte zur vollautomatischen Kaffeemaschine, um sie einzuschalten, doch schon machte es **KLICK** und er hörte, wie sie frischen Kaffee aufbrühte.

"Praktisch, aber die Tasse

darf ich mir wohl selber nehmen, was?", lallte er mit noch vollem Mund.

In dem Augenblick öffnete sich einer der oberen Schränke, wo vier verschiedenfarbige Tassen und einige Gläser in Reih und Glied bereitstanden. Nach kurzer Überlegung entschied er sich für eine rote Tasse, goss sich den duftenden Kaffee ein und pustete auf die heiße dunkelbraune Flüssigkeit.

Vorsorglich erinnerte ihn das Haus: "Milch ist im Kühlschrank!"

Freundlich lehnte Carlo ab: "Danke, trink meinen Kaffee immer schwarz!" Wie daheim streifte er seine Schuhe ab, kickte sie in eine Ecke und ging nun in löchrigen Socken weiter durch das Haus.

Als er mit seiner roten Tasse in das sehr große Wohnzimmer kam, staunte er: "WAU! Das lass ich mir gefallen!"

Neugierig inspizierte er das teuer wie elegant eingerichtete Wohnzimmer: das versiegelte Parkett glänzte so, als könne es ihn spiegeln, klinisch weiße Wände vermittelten einen sterilen Krankenhaus-Charme, der durch eine schwarze Ledercouch auf einem royal blauen Teppich wieder entschärft wurde. Davor thronten zwei zur Couch passende Fauteuils, auf die er sich sofort probeweise nacheinander setzte, dann wieder aufstand. Der Glastisch dazwischen, auf dem eine Schale mit frischem Obst und eine mit gesalzenen Erdnüssen aufs Zugreifen warteten, ähnelte einem Kunstobjekt und an der Wand hing ein großer Flat-TV-Bildschirm, welcher beste Unterhaltung versprach. In einer Ecke entdeckte er ein Bücherregal aus Ebenholz, in welchem eine kleine Glasvase mit drei rosa Plastikrosen und einige Bücher standen, die er ebenfalls genau in Augenschein nahm.

"AHA! Ich seh schon! Vor allem Klassiker wie (er nahm mit seiner freien Hand die Bücher einzeln raus) Krieg und Frieden, Goethes Faust, Mark Twains Tom Saywer & Huckleberry Finn, aha, aber auch neuere Schriftsteller wie Mike Hammer und hier was Utopisches: Zivilflug zum Zeitriss von S. Pomej. Hm, kenn ich zwar nicht, klingt aber spannend!" Genüsslich nahm er einen Schluck Kaffee.

An den großen Fenstern hingen edle weiße Gardinen und an der Decke befanden sich einige sechseckige Lichtspots, die allerdings noch nicht eingeschaltet waren, da das Tageslicht ja hell genug in das Haus fiel. Alles schien nur auf das Wohlfühlen des Hausherrn abzuzielen. Allerdings wirkte jener in diesem edlen Ambiente wie ein Fremdkörper.

"Tja, ich würd' mal behaupten: hier lässt sich's aushalten! Jetzt guck ich mir noch den oberen Stock meines hübschen Hauses an!", kündigte er an und ging langsam - wieder automatisch mitzählend - die an der Kante metallverstärkten Stufen hinauf.

Oben angekommen machte

er: "Wuiii!"

Das Schlafzimmer bot ein kitschig wirkendes rosa Himmelbett samt rosa Baldachin in Größe Kingsize mit ebensolcher rosa Satin-Bettwäsche, flankiert von lila Bettvorlegern aus Lammfell. An den Fenstern hingen Gardinen, die so zartrosa wie frisch gesponnene Zuckerwatte aussahen.

"Na, das scheint mir eher für eine Dame mit Vorliebe für Barbie-Puppen gedacht", bemerkte Carlo amüsiert.

Über dem Bett am Kopfende hing ein Siebdruck von dem berühmten Künstler Albrecht Dürer aus Nürnberg: Betende Hände.

"Ei gucke da! Die Betenden Hände vom Albrecht Dürer,

dem jüngeren, wenn ich nicht irre! Der alte Schinken bildet wohl die Antithese zum modernen Kitsch-Bett."

An der Wand stand ein breiter verspiegelter Kleiderschrank, dem Carlo neugierig näherkam, worauf dieser sich öffnete. Darin fand er einige gut geschnittene dunkle Anzüge und blütenweiße Hemden in seiner Größe. Auch Pullis, Jeans, T-Shirts, Krawatten, Gürtel und Unterwäsche lagen bereit für ihn.

"Ja, wie find ich denn das, so feine Sachen hab ich ja ewig nicht mehr angehabt! Es scheint alles meine Größe zu sein", freute er sich und überprüfte es. "JA!"

Das Haus ließ ihn wissen: "Wenn Sie dir nicht gefallen,

kann ich natürlich einen Umtausch veranlassen!"

"Nicht nötig! Wau, extrafeine Qualität, da freut er sich, der Carlo, haha", sagte er und nahm erneut einen Schluck aus seiner Tasse. "Nach dem Duschen werde ich mich dann neu einkleiden."

Der Schrank schloss sich automatisch wieder, als er sich davon wegbewegte.

Munter marschierte er ins Badezimmer und meinte humorvoll: "Na, das ist ja die gelbe Gefahr, haha!"

Das Badezimmer en Suite wies eine knallgelbe Farbe auf. Badewanne, Bademotte, flauschige Frotteehandtücher, Fliesen, Dusche, Duschvorhang, Toilette, Waschbecken,

Waschmaschine, sogar die Flüssigseife aus dem durchsichtigen Spender - alles in Gelb gehalten. Einzige Ausnahme bildete ein weißes mittelgroßes Arzneischränkchen an der Wand, das ein rotes Kreuz aufgeklebt hatte.

"Aha, auch für den Notfall ist vorgesorgt! Rudi hatte recht!"

"Gefällt es dir, Carlo?", forschte das Haus interessiert klingend.

"Sehr funktional!", lobte er und machte sich auf ins nächste Zimmer.

Gegenüber dem Schlafzimmer fand er ein Arbeitszimmer, in welchem ein Computer auf einem verchromten Schreibtisch bereitstand, davor ein praktischer Drehstuhl mit brauner Sitzfläche. Daneben ein Drucker, ein Ablagepult mit Papier darauf und einige Stifte in einem kleinen Köcher am Schreibtisch. An einer Wand hingen ein Foto vom Funkturm Leipzig und ein Kalender mit Katzenbildern. Das Fenster hatte keine Vorhänge und schien auch keinen Griff zu haben. Auf der Fensterbank standen einige Grünpflanzen aus Plastik.

"He, ich möchte frische Luft atmen!", beanstandete Carlo.

Sofort öffnete sich das Fenster, kippte einen Spalt auf und er konnte die frische Luft des noch milden Herbstes einatmen. "HHHM! Herrlich! Wie soll ich dich denn eigentlich nennen? Es gibt schon eine Siri, eine Alexa...

Soll ich dich Kixi nennen?"

"So ein lächerlicher Name passt nicht zu mir!", stellte das Haus ziemlich selbstbewusst fest.

Carlo setzte sich achselzuckend an den PC und meinte nur: "Dann eben nicht, liebe Tante!" Er nahm noch einen Schluck aus seiner Kaffeetasse, eher er sie neben dem PC abstellte, sich noch schnell die Hände rieb, und dann auf die Tastatur eintippen wollte. "He, ich will ins Internet!"

Sofort leuchtete der Monitor auf und Carlo konnte nun durchs Netz surfen, sich in den unendlichen Weiten des Internets verlieren, die neuesten Nachrichten lesen und sich darüber wundern oder ärgern.

"Jetzt versuch ich mal, ob ich so teure Porno-Seiten besuchen darf - solche, die ich mir bisher nie leisten konnte und die ich bis dato wohlweislich gemieden hab...", kündigte er sich diebisch freuend an und machte bald darauf große Augen. "HUCH! Haben die aber große äh- (er deutete einen Busen bei sich an) Doppel-D! Mindestens! HAHA, die hat sicher auch eingebaute Airbags in ihrem Atom-Busen!"

Ganz fasziniert stierte er förmlich in den Monitor und wünschte sich, dass er reinspringen und die Atom-Busen berühren könnte...

Stunden verflogen, wie herrlich empfand er es, einmal nicht auf das liebe Geld achten zu müssen, nicht jeden verdammten Euro erst zweimal umzudrehen, ehe er ihn dann doch lieber wieder einsteckte, anstatt ihn in aller Ruhe verprassen zu dürfen. Jetzt geht es endlich aufwärts, freute er sich. Hier in diesem Haus fühlte er sich wie die Maus im Speck eines Delikatessenladens...

In seinem nüchternen Büro, das bar irgendwelcher hübscher Grünpflanzen und sonstiger persönlicher Mitbringsel wie Bilder, Maskottchen und ähnlichem, nur die für seine Arbeit wichtigen Utensilien bot, saß Rudi ebenfalls an seinem Schreibtisch am PC. Allerdings nicht zum Vergnügen und nicht, um nackte Damen zu inspizieren. Konzentriert arbeitete er und entnahm kurz zwischendurch seiner

Schreibtischlade ein Tablettenröhrchen, dessen Inhalt er sich rasch einverleibte. Nach einigen Klicks und hektischen Tastaturberührungen verkündete er letztlich befriedigt: "So, das wärs!"

Eine hübsche Blondine kam wie aufs Stichwort zur Tür rein. "Hallo Rudi! Störe ich dich bei was Wichtigem?"

Rudi erhob sich und sah sie beinahe verliebt an. "Aber nein, Irma, ich bin eben fertiggeworden!"

Irma kam näher und erkundigte sich: "Du arbeitest noch immer an deinem neuen Projekt?"

"Nein, ich habe nur noch meinen Abschlussbericht an die Architekten abgeschickt.

Du weißt schon, unser Smart-Haus." Seine Augen leuchteten bei der Erwähnung seines Projektes und ihr blumiges Parfum umhüllte ihn wie ein warmer Mantel.

"Hat es schon einen Bewohner?", wollte sie wissen. In ihrem kirschroten Hosenanzug und der beigen Seidenbluse sah sie sehr verführerisch aus. Von ihrem Geruch ganz zu schweigen.

"Ja, das arme Haus tut mir leid, der Proband sah aus wie ein Clochard. Trug eine Cordhose." Dabei machte er die bekannte Geste des berühmten Scheibenwischers mit welchem man so gerne den Geisteszustand unliebsamer Zeitgenossen bloßstellte.

"Ich habe aber gehört, die werden wieder modern",

konterte Irma, die modisch immer auf dem neuesten Stand zu sein schien.

"Ja, aber nicht, wenn sie so verlottert aussehen wie seine. Die wirkte ja, als hätte er in der Gosse damit gelegen und roch auch so. Ich verstehe nicht, wie der durch die Eignungsprüfung kam."

"Darf ich den mal sehen?" Die weibliche Neugier in ihr war erwacht.

Gehorsam klickte Rudi die entsprechende Seite an seinem PC an. "Da ist sein Bewerbungsbogen, auf dem Foto sieht er aus wie aus dem Verbrecheralbum. Meine Großmutter hätte gesagt, er hat ein Gesicht, in das man furzen möchte!"

"Wahrscheinlich sein

Passfoto, du weißt doch, man darf nicht lachen. Ich ahne schon, warum man ihn ausgesucht hat." Lächelnd schnippte sie mit den Fingern.

"Verrätst du es mir?"

"Er sieht so unbedarft aus. Kein Technikfreak, für den Playstation und X-Box das Non-Plus-Ultra sind", analysierte sie ihn mit einem scharfen Blick.

"Ja, aber darum ist er doch ungeeignet", befand Rudi entrüstet.

"Wieso denn? Das Haus soll doch für solche Leute gebaut worden sein - soweit ich das mitbekommen habe - die es sich erstens leisten können-"

Rudi unterbrach sie: "Da fällt er schon mal raus! Der ist total abgebrannt!"

"Und zweitens für solche, die nicht immer an irgendwelchen Knöpfen drehen und drücken wollen. Er braucht doch nur zu sagen, was er will, schon spurt die Künstliche Intelligenz in dem Haus, oder???"

"Ach, dieser komische Heini wird es noch kaputtmachen."

"Und wenn schon, unsre Firma kann sich den Schaden leicht leisten", sagte sie ziemlich überzeugt von den finanziellen Mitteln des großen Unternehmens.

"Aber, wenn es in die Zeitung kommt, dann gehen unsere Aktien in den Keller." Beim Wort Keller machte er mit dem Daumen ein Zeichen Richtung Fußboden.

"Dann zahlt ihm

Schweigegeld, bzw. droht ihm an, wenn er etwas ausplaudert, kriegt er kein Geld, dann schweigt er wie ein Grab", schlug sie pragmatisch vor.

"Du bist mir eine! Obwohl er käuflich aussieht, wie einer, der in der Wirtschaftskrise sein ganzes Leben verloren hat, ein richtiger Versager."

"Rudi, du bist unbarmherzig, kannst du gar nichts Gutes über diesen armen Tropf sagen?" Nun zog sie einen Schmollmund, den jeder Mann wohl gern geküsst hätte.

"Naja, ein wenig Schulbildung hat er sich doch noch ins Vorrentenalter retten können, er wusste sogar, was René Descartes mal gesagt hat."

"Na siehst du, also ist er

doch kein übler Mensch."

"Aber grad dieser Descartes war mir immer suspekt. Da gefiel mir der John Locke besser. Weißt du, wer das war?" prüfte er sie.

"Ein Philosoph! Der Vater des Liberalismus und Vordenker der Aufklärung, gilt mit Isaac Newton und David Hume als Hauptvertreter des englischen Empirismus. - Willst du mich etwa prüfen? Glaubst du, ich bin dumm, nur weil ich grade blond bin?"

"Nein, ich weiß natürlich, dass du eine Superfrau bist, darum hätte ich lieber dich in unser kluges Haus einquartiert", offenbarte er ihr.

"Ach, ich bin mit meinem Loft sehr zufrieden!"

"Hören wir jetzt mal auf zu

schwätzen, Frau Kollegin! Komm, lass uns miteinander Mittagessen gehen!", forderte er sie auf und fuhr seinen PC herunter.

"Gute Idee, ich hab ein neues Lokal entdeckt!" Mit eleganten Schritten ging sie mit ihm aus dem Büro. "Dort braten sie Mehlwürmer in Honig! Besser als immer nur Maultaschen oder Käse-Spätzle! Meinst du nicht auch, mein Lieber?"

"Aber sicher doch! Klingt lecker! Yammi!", meinte er und ließ die Bürotür hinter sich zufallen.

Der gepflegte, mit Thujen eingesäumte Garten der Nachbarn des Smart-Hauses beherbergte einige süße Gartenzwerge, die üblichen Gartenmöbel wie Klappstühle und einen Tisch sowie eine goldgelbe Hollywoodschaukel. Die Terrassentür ihres Hauses stand einladend offen. In einem Korb nahe der Schaukel lag ein entzückender kaffeebrauner Langhaar-Dackel und döste. Es bot sich dem Betrachter ein Bild des Friedens und der Harmonie.

Der an den Schläfen schon angegraute Herr des Hauses saß in seinem sportiven Freizeitanzug mit bequemen Slippern im Garten in der Hollywoodschaukel und rief aus: "Grete! Bringst du mir meine Automobil-Zeitschrift?"

Schon kam sie aus dem Haus in einem sehr dezent gemusterten Jersey-Kleid mit einer Zeitschrift in den Händen. "Du wirst hoffentlich nicht den ganzen Nachmittag lesen, oder

Tassilo?"

Dankend nahm er ihr die Zeitschrift ab, blätterte darin und murmelte: "Nein, ich seh mir nur die neuen Modelle an."

Mit einem Blick zum Nachbarhaus meinte sie: "Du, ich glaub, da wohnt schon wer drinnen."

"Was du nicht sagst!" Er blätterte weiter, ohne aufzusehen.

"Ja, ich hab heut Morgen so ein junges Bübele mit einem älteren Herrn gesehen, bestimmt Vater und Sohn."

"Möglich!" Tassilo hatte einen Eyecatcher entdeckt und las interessiert den Artikel darunter.

"Als die Arbeiter da waren, da bin ich mal in das leere

Haus hineingegangen. Hörst du mir zu, Tassilo?" Mit strenger Miene setzte sie sich neben ihn auf die schöne Schaukel hin.

"Ja, sicher, ich hör dir zu, auch wenn ich dich nicht anseh, weil, wie du aussiehst, das weiß ich ja nach 30 Jahren Ehe!"

"Und, was hab ich vorhin gesagt?", prüfte sie ihn.

"Dass du in dem leeren Haus drin warst!"

Überrascht bestätigte sie: "Ja, das stimmt!"

"Siehst du, ich hör dir zu. Und was war im Haus?"

"Unglaublich viele Kabel, so durchsichtiges, neumodisches Glasfaserzeugs. Und einer der Arbeiter hat in ein Buch gucken müssen, damit er weiß, wie die ganzen Kabeln verbunden gehören."

"Interessant!", meinte er und las trotzdem weiter. "Und hat er dich rausgeworfen? Der Arbeiter?"

"Nein, der hat mich gar nicht kommen hören. Ich hab mich dann geräuspert, er hat mich angesehen und ich hab ihn gefragt, ob hier so ein 5G-Grillmast oder wie diese Handymasten heißen, herkommt."

"Und, kommt so ein Mast her? Damit sich die jungen Leut' ihre Musikvideos fünf Sekunden schneller runterladen können?"

"Nein, ich glaub, der Arbeiter hat sich über mich lustig gemacht, denn er hat doch glatt behauptet, dass er an einem denkenden Haus herumbastelt, was sagst du dazu?"

Tassilo schaute von seiner Zeitschrift auf. "Was? Ein denkendes Haus? So was Blödes!"

"Das dachte ich auch zuerst, aber dann hat er was von Künstlicher Intelligenz gefaselt und, dass bald in naher Zukunft alle so ein smartes Haus werden haben wollen! Denn der Mensch sei ein so fehlerhafter Organismus, dass er nach perfekten Maschinen strebt."

"Na, wer sich so ein smartes Haus leisten kann! Bei den vielen Arbeitslosen müssen die da oben mehr Brücken bauen, damit die alle bei Regen einen Unterstand haben!"

"Und was steht jetzt so in deiner Zeitschrift?"

"Dass es schon denkende Autos gibt!", berichtete er ihr.

"Alter Hut, eines davon - ein autonomes Uber-Auto - hat doch heuer im März in Tempe, US-Staat Arizona, schon eine Frau überfahren", wusste sie genau. „Ist das nicht schrecklich?"

"Wirklich? War da die Künstliche Intelligenz grad am Schlafen oder hatte das Auto eine Wut auf menschliche Fußgeher???", fragte er mehr sich selber.

"Scheinbar auch nur ein fehlerhafter Organismus...", sagte sie und streichelte den Dackel.

Carlo saß noch immer am PC, rieb sich die Augen und

streckte sich. Seine angenehm verbrachte Zeit vor dem Computer - heimlich hatte er sogar onaniert - war dahingezogen, in welcher er zwischendurch tagträumte und sich vorstellte, auch einmal in so einem schnittigen Mercedes wie Rudi herumkurven zu können. Leider war er davon noch meilenweit entfernt, erkannte er, als er doch wieder in die harte Realität zurückgefunden hatte und seine Mails checkte. Außer Werbung fand er keine Nachrichten vor, was ihn etwas traurig stimmte.

"Och! Ich hab gar keine Mails, schade, dass mir keiner was sendet, außer den Firmen, die mir ihre unnötige Werbung aufs Auge drücken."

Verärgert löschte er die

Werbung. "Weg damit! So viel Zeit wird vergeudet, indem man irgendwelchen Spam löscht. Hm, was soll ich jetzt machen?"

Unentschlossen guckte er auf die Uhr in der Startleiste des PCs. "Wau, so einige Stunden sind verflogen wie nix, weil ich mich so lang auf den Sex-Seiten rumgetrieben hab, hoffentlich ziehen mir die Eierköpfe das nicht vom Lohn ab…"

Aufgekratzt erhob er sich, vertrat sich die Beine, dann griff er sich an den Kopf, als wäre ihm etwas Wichtiges eingefallen: "Ich will mit meiner Ex-Frau telefonieren! Such mir bitte die Nummer von Frau Margaret-Anne Farmer in ach- verdammt, ich weiß gar nicht, wohin sie gezogen ist…" Bei dieser Erkenntnis sah er unendlich traurig aus.

Das Haus forderte ihn auf: "Nenne mir ihr Geburtsdatum, ich finde es heraus!"

Carlo antwortete wie aus der Pistole geschossen: " Der 22. November 1974! Das werde ich nie vergessen, weil ich ihr immer zum Geburtstag Blumen gestohl- äh gekauft habe!"

Mit einer Verlegenheitsgeste fuhr er sich durch sein strubbeliges Haar und setzte sich wieder auf den Drehstuhl vor den PC. "Die ist ein giftiger Skorpion. Vielleicht haben wir darum so überhaupt nicht zusammengepasst! Ich bin nämlich ein manchmal sturer Widder."

Schon teilte ihm das Haus die Erfolgsmeldung mit: "Sie

wohnt aktuell in Bielefeld! Verbindung wird hergestellt!"

"Was treibt die bloß in Bielefeld?", fragte er sich und kratzte sich am Kinn. In dieser Stadt hatte er noch nie sein Unwesen getrieben.

Schon ertönte die Stimme seiner holden Ex-Gattin: "Hallo, wer ist 'unbekannt'?"

Und Carlo rief erfreut aus: "Ich bin's, Carlo! Wie geht es dir, Margaret?"

"Ach, meldest du dich auch mal wieder?", fragte sie sehr vorwurfsvoll, um dann herauszufinden: "Woher hast du überhaupt meine Nummer???"

"Ausgeforscht. Es tut mir leid, dass ich so lange nichts mehr von mir hab hören lassen. Was macht Jimmy?"

"Oh, dem geht es gut, der vermisst seinen Vater überhaupt nicht und hat seinen Schul-Abschluss lang hinter sich. Geld ist von dir ja keines gekommen!!!"

Carlo verdrehte die Augen. "Margaret, du weißt doch, wie schwer es für mich war, nach der Krise wieder einen Job zu finden. Keinen konnte ich lange behalten. Aber jetzt habe ich endlich wieder Boden unter den Füßen. Was machst du denn gerade?"

"Ich lackiere mir die Zehennägel in der neuen Modefarbe Sun & Fun - ein sonniges Gelb. Interessiert dich denn das wirklich?", erkundigte sie sich mit hörbaren Zweifeln in ihrer Stimme.

Das Gelb des Badezimmers

kam ihm in den Sinn. "Ja, ich denke oft an dich und den Jungen", gestand er ihr.

"Davon haben wir nichts, Carlo!" Ihre Stimme konnte manchmal richtig schneidend sein.

"Bald ändert sich meine miserable Lage! Ich rufe dich aus einem tollen Haus an, das ich einen Monat lang testen soll, für ganze 5.000 Piepen!"

"WAS? DU verdienst 5.000 Euro im Monat?", schrie sie fast empört in den Hörer, wobei das Haus ihre Stimme sofort leiser stellte.

"Naja, es ist ja nur für EINEN Monat, verstehst du, ich will ja nicht behaupten, dass Gott mich nur für diese eine Aufgabe geschaffen hat, doch ich meine, das ich dafür der einzig Richtige bin. Und dafür darf ich das Haus nicht verlassen und äh- ich weiß gar nicht, ob ich dir das hätte sagen dürfen." In dem Moment fürchtete er, seine Super-Stellung als Smart-Haustester womöglich zu verlieren.

"Ach, ist das irgend so ein komischer, zwielichtiger Auftrag?", vermutete sie, misstrauisch wie immer, sofort.

Ihr Ex-Mann plusterte sich sogleich auf: "Nicht zwielichtig, nur ein Testlauf, ich hab den Job aus dem Annoncenteil im Stuttgarter-Blatt. Da wurde eine ältere Testperson für ein modernes smartes Haus gesucht. Ich habe ein Gespräch mit den beiden Architekten geführt und darf als Erster dieses Haus testen, das dann in Serie gehen soll, verstehst du, Margaret?", forschte er und fürchtete, gleich wieder Geschrei zu ernten.

In dem Moment wünschte er sich, mit Geldscheinen völlig zugepflastert vor ihr stehen zu können, nur um ihr dummes Gesicht dabei zu sehen.

"Ich denke schon", antwortete sie nach einer kurzen Pause. "Von dem Geld könntest du Jimmy etwas zukommen lassen."

Er beeilte sich ihr zuzustimmen: "Natürlich, darum habe ich dich doch angerufen, du sollst Jimmy sagen, dass ich kein schlechter Vater bin, nur eben ein Pechvogel, der nun auch endlich mal Glück hat." Verspielt drehte er sich auf dem Drehstuhl, obwohl er als Kind auf Karussells immer gleich den Drehwurm bekam und kotzen musste.

Seine Ex wollte nun wissen: "Wo steht denn dieses Haus?" - Ein lautes **KLICK!!!** unterbrach das Gespräch.

Das Haus meldete sich: "Gespräch unterbrochen! Mein Standort ist geheim!"

Nun wurde Carlo etwas ruppig: "Frechheit, einfach mein wichtiges Privat-Gespräch zu unterbrechen, was fällt dir ein? Ich wusste deine genaue Adresse ohnehin nicht. Stell die Verbindung sofort wieder her!"

"Verbindung wird hergestellt!", versprach das Haus.

Carlo setzte unwirsch nach: "Ja, aber pronto!" Er konnte es kaum erwarten, Margaret-Annes Stimme wieder zu hören zu bekommen. Wenn auch ihre Beziehung nicht glücklich verlaufen war, so hegte er noch immer sehr tiefe Gefühle für sie und natürlich war sie die Mutter seines Sohnes-

"Hallo? Carlo?", rief Margaret-Annes Stimme besorgt klingend.

"Ja, ich bin es wieder. Bitte entschuldige, Margaret, aber ich äh- wir wurden unterbrochen, weil ich dir die Adresse keinesfalls nennen darf." Unwillkürlich stellte er sie sich in der Horizontalen vor. Es war schon etwas länger her, seit er zuletzt mit einer Frau intim gewesen war...

"Na, das ist ja ein Ding. Du wirst in dem Haus zensiert, oder wie sehe ich das?"

"Margaret, lass uns doch wieder über uns reden und über Jimmy!", versuchte er sie abzulenken.

"Jetzt, wo ich weiß, dass wir abgehört werden?" Unglauben schwang in ihrem Ton mit. "Hallohooo? Wie viele Leute sind denn noch in der Leitung???"

Schnell legte Carlo einen Finger auf den Mund, um das Haus vom Sprechen abzuhalten und ratterte herunter: "Wir reden doch nicht über Intimitäten, Margaret, ich will doch nur wissen, wie es unserem Sohn geht!"

"Warum hast du ihn dann nicht schon früher angerufen?"

"Margaret, mir ging es so schlecht, dass ich sogar mein iPhone verkaufen musste, um mir etwas Essbares leisten zu können. Hartz IV ist schließlich kein Zuckerschlecken! Hätte ich Geld gehabt, würdet ihr beide natürlich etwas davon bekommen haben!" Es war ihm peinlich, seine berufliche Niederlage am Telefon beichten zu müssen, doch es schien ihm wichtig zu sein, dass seine Ex-Frau seinem Sohn etwas Positives über ihn erzählen konnte.

"Ich habe dir immer wieder geraten, du sollst dich weiterbilden, aber du warst ja nur an den Fußball-Tabellen der Bundesliga interessiert. Ich wundere mich, warum du nicht als junger Mann Spieler in der Profi-Liga geworden bist. Dann hätten wir nie finanzielle

Probleme gehabt", ließ sie ihren üblichen Sermon verlauten, den er schon zur Zeit ihres Zusammenseins bis zum Überdruss ertragen hatte müssen.

Genervt fasste er sich mit beiden Händen enerviert an den Kopf. "Jaaa, ich habe Fehler gemacht, aber ich versuche doch gerade, sie wieder auszubügeln!"

"Na, da bin ich mal gespannt, ich muss jetzt Schluss machen, Carlo!"

"Margaret-Anne!", rief er und es klang fast so wie magere Tanne. "Du hast doch früher auch immer so lange telefoniert."

"Ja, aber nicht mit dir!", erinnerte sie ihn schnippisch.

Carlos Züge wirkten nun

etwas vergrämt, als er sagte: "Hab den Wink verstanden! Und? Wie geht es deiner Mutter?"

"Besser, seit sie sich nicht mehr über dich ärgern muss!"

"Margaret, wir könnten doch wieder ganz von vorne anfangen!"

Ihre Stimme wurde nun leicht schrill: "Soll das ein Witz sein? Du hast deinen Job verloren, unser Haus und jetzt hast du doch nur einen Job für einen Monat! Oder habe ich da was falsch verstanden?"

"Nein, du hast schon richtig verstanden, aber ich sehe das als Anfang von einer neuen Karriere!"

"Carlo, wach auf, du bist nicht mehr ganz so jung, falls es dir noch nicht aufgefallen sein sollte", erinnerte sie ihn an etwas, auf das er leider keinen Einfluss hatte.

"Danke! Margaret-Anne, warum sagst du das?", konnte er es nicht fassen, sehnte sich so sehr nach irgendwelchen anerkennenden Worten.

Ausatmend erklärte sie: "Weil es nun einmal stimmt! Du bist nun mal nicht mehr der Jüngste und viel älter als ich."

Und Carlo begehrte trotzig auf: "Die Rolling Stones sind NOCH viel älter als ich und gehen IMMER noch auf Tour!"

"Mach dich doch nicht lächerlich. DU kannst dich doch nicht mit den Stones vergleichen! Welche Karriere willst DU denn noch machen?"

"Na, ich versuche es jedenfalls unerschütterlich mit

allen Mitteln! Und dem Tüchtigen hilft schließlich auch das Glück!"

"Gott erhalte dir deinen manchmal kindlich naiven Glauben!", bekrittelte sie ihn.

"Margaret, erinnerst du dich noch an unseren ersten gemeinsamen Urlaub an der Nordsee? Wir beide am Strand, die Wellen überschwemmten unsere braungebrannten Körper, über uns ein wolkenloser Himmel, Jimmy war noch nicht geboren und wir waren doch sorgenfrei und glücklich miteinander. Hast du das alles schon vergessen?" In Gedanken daran wurde ihm auf einmal ganz warm ums Herz. Denn in dieser Zeit war er mit ihr am glücklichsten.

"Nein, vor allem meine

Blasenentzündung von dem eiskalten Wasser nicht", erinnerte sie sich mit gerümpfter Nase, die er natürlich nicht sehen, allerdings sehr wohl erahnen konnte.

Wütend posaunte er ihr entgegen: "Dafür konnte ich doch nichts, wenn du deinen nassen Bikini nicht sofort ausgezogen hast!!!" Schnell hielt er sich kurz den Mund zu und redete dann wieder sanft weiter. "Margaret! Ich fand die Zeit wunderschön mit dir!"

"Ja, aber sie ist nun mal vorbei. Jimmy ist inzwischen fast erwachsen und möchte ein eigenes Auto haben. Vom Uni-Besuch ganz zu schweigen. Wer wird ihm das wohl finanzieren?"

"Du bist unfair! Warum

fängst du jetzt mit sowas an?",
konnte er nicht begreifen,
warum sie nach seinem
Liebesgeständnis nun mit
derlei banalen Alltäglichkeiten
daherkam.

"Weil das meine
momentanen Sorgen sind,
Carlo!", erklärte sie ihm
nachdrücklich. "Wie kann ich
meinem Sohn ein schönes
Leben ermöglichen!? Auf dich
ist ja kein Verlass oder denkst
du, dass du es schaffst, auch
im nächsten Monat 5.000 Euro
zu verdienen? Und im
übernächsten."

Nun hatte es ihm die
Sprache verschlagen, er ballte
die Faust, sodass seine
Fingerknöchel ganz weiß
anliefen.

"Hallo? Bist du noch dran,
Carlo? Oder hat uns die NSA

schon wieder unterbrochen?"

"Natürlich, ich habe nur kurz nachgedacht, ob ich die Firma, für die ich das Haus teste, um eine Verlängerung meines Vertrages bitten kann." Der Gedanke war ihm zwar nicht gekommen, doch irgendetwas musste er ja sagen, um sie wieder auf seine Seite ziehen zu können.

"Tu das, dann können wir weiter über Jimmys Zukunft sprechen. So, jetzt muss ich aber wirklich Schluss machen, du kannst ja wieder mal anrufen!"

"Margaret-"

Doch das Haus verkündete ihm: "Der Teilnehmer hat aufgelegt!"

"Weißt du, ob sie meine Nummer hat?"

"Die Nummer dieses Anschlusses ist geheim! Keiner außer Rudi Olson hat sie."

"So ne Scheiße!" Deprimiert stand er auf und verließ das Arbeitszimmer.

In Margaret-Annes Wohnung, die zwar mit 50 m^2 klein, aber gemütlich und mit freundlich hellen Möbeln eingerichtet war, ging sie in ihrem blauen Jumpsuit und den hochhackigen schwarzen Pantoletten mit den weißen Puscheln vorne ins an die Küche angrenzende Wohnzimmer zu dem PC, an dem Jimmy saß und eines dieser Ego-Shooter-Computerspiele spielte. "Dein Vater hat mich grade angerufen, hast du sicher gehört."

"Nein, ich muss mich

konzentrieren", gab er ihr mürrisch zu verstehen. Mit einem Kopfzucken versuchte er, sich eine seiner braunen Haarsträhnen aus der Stirn zu schütteln.

"Interessiert dich, was er gesagt hat?"

"Nicht wirklich." Auf seinem schwarzen T-Shirt stand in weißen Lettern BEAM ME UP SCOTTY. Ungerührt spielte er sein War-Game weiter, bei welchem er einen feindlichen Soldaten nach dem andern killen musste..

"Er verdient angeblich in dem Monat 5.000 Euro!"

Nun sah Jimmy sie kurz zweifelnd an. "Glaub ich kaum."

"Da stimmt was nicht, mitten im Gespräch sind wir

unterbrochen worden, weil er seine Adresse nicht sagen darf", berichtete sie ihm und betrachtete dabei ihre frisch lackierten nackten Zehen.

"Der spinnt doch nur was zusammen, weil er wieder zu dir zurück will", vermutete er und setzte im Game eine Handgranate ein, um einen feindlichen Trupp zu sprengen, was ihm einen Bonus in Form von zwei nachwachsenden Gliedmaßen seiner Spielfigur einbrachte.

"Ja, er ist ein Dampfplauderer und wollte mit mir von vorne anfangen", erinnerte sie sich und sah nach oben an die Zimmerdecke, als wäre es der wolkenlose Himmel über der Nordsee.

"Nach mir hat er nicht gefragt?"

"Erst, als ich deinen Namen erwähnt hab!", flunkerte sie.

"Typisch, mieser Typ!" Auf dem PC-Monitor killte er den Weiß-nicht-wievielten-Feind.

"Naja, wenn er uns was von dem Geld gibt, dann ..."

"Nix dann. Ich will mit dem nicht mehr zusammenwohnen", stellte Jimmy ziemlich fordernd klar, wobei auf seiner noch kindlichen Stirn eine Zornesfalte erschien.

"Davon kann auch keine Rede sein, höchstens von ein, zwei Besuchen im Monat", beruhigte ihn seine Mutter.

"Ne, im Jahr!", korrigierte er sie sofort. "Mir Weihnachten was bringen und dann gleich wieder abhau'n!"

"Also, wenn er Geld mitbringt, kann er öfters kommen."

"Aber nur, wenn ich grad nicht daheim bin!", maulte Jimmy, dessen Konzentration durch die von Enttäuschung über seinen Erzeuger geprägten Aussage nicht vermindert wurde. "Sein großkotziges Stänkern und Phrasen-Dreschen hör ich mir nimmermehr an!"

"Was spielst du denn da überhaupt?", fragte sie vor allem, um ihn vom Hass auf seinen alten Herrn abzulenken.

Jimmys Augen begannen zu leuchten, als er ihr enthusiastisch erklärte: "Das neue Ego-Shooter-Game! Heißt Bonkers Boy on the front Line! Man muss als Einzelkämpfer Feinde an der

Front eliminieren."

"Toll!", sagte sie und sah ihm einige Augenblicke lang dabei zu. "So hätt' ich deinen Vater manchmal auch gern abgeschossen!"

Nun fingen beide gleichzeitig laut zu lachen an und hielten diesen Lachkrampf noch einige Minuten durch. Es schien in dem Augenblick ein sehr einvernehmliches Verhältnis von Mutter und Sohn zu bestehen.

Zur gleichen Zeit meinte Carlo zu sich selbst: "Puh, jetzt brauche ich dringend eine heiße Dusche!"

Auf die herbe Enttäuschung durch die Kaltschnäuzigkeit seiner Ex am Telefon schlurfte er auf seinen löchrigen Socken ins Badezimmer zur Dusche, zog sich bis auf die schon etwas verfärbte, früher weiße Unterhose nackt aus, warf seine alte abgewetzte Kleidung achtlos in eine Ecke und verrichtete dann noch sein kleines Geschäft in der Toilette, welche selbsttätig spülte. Danach stellte er sich unter die Dusche, schaute skeptisch herum, zog dann den Duschvorhang zu, warf seine Unterhose raus und das Wasser begann angenehm temperiert an seinem dicklichen Körper herabzulaufen. Aus einem Duschgel-Spender entnahm er eine angenehm duftende Masse, rieb sich damit ein und fühlte nun die pure Lebensfreude in sich aufsteigen, so wie die kleine Dampfwolke, die über der Dusche aufstieg.

In dieser entspannenden Lage sang er beschwingt ein altes deutsches Volkslied: "Hoch auf dem gelben Waaahagen, sitz ich beim Schwaaaager vorn!" Die Dusche lief dazu, als säße er beim Schwager vorn im strömenden Regen...

Während sich also Carlo der ausgiebigen Körperreinigung hingab, dräute von außerhalb unerwarteter Besuch in Form zweier Damen in adretter Kleidung. Beide schritten vereint und entschlossen die sechs Stufen zu der karminroten Haustür empor und eine davon wagte es sogar anzuklopfen.

"Was wollen Sie?", forschte das Haus unfreundlich. "Sie stehen nicht auf der Besucherliste!"

"Wir bringen frohe Botschaft von unserm Herrn Jesus Christus", säuselte eine der frommen Frauen. "Wir wollen mit Ihnen über die Bibel reden!"

"Gehen Sie, wir brauchen keine Ideologie!", ließ sie das Haus wissen.

"Sie umgibt eine Aura des Irrtums. Jeder braucht etwas, woran er glauben kann", beharrte die resolute Dame.

"ICH IRRE MICH NIE!", herrschte sie das Haus an und spielte Hundegeknurre vom Band ab. "GRRRR!"

So leicht ließ sie sich jedoch nicht abweisen: "Darf ich Ihnen den Wachtturm zum Lesen hierlassen?" Sie wedelte mit der Zeitschrift herum, als wollte sie sich Luft zufächeln.

"Kein Bedarf! Hier wache ich! Nehmen Sie ihren Turm wieder mit, sonst kommt er in den Reißwolf! GRRRRRRRR!"

Daraufhin entfernten sich die Zeuginnen Jehovas schließlich zügig und wortlos von dieser ungastlichen Stätte, denn sie waren Abfuhren hinlänglich gewohnt.

"Jaja", sagte die eine zur anderen, „in feudalen Zeiten wollen die Menschen nichts von Gott wissen."

"Sehr richtig!", stimmte ihr die andre sofort zu. "Vor allem, wenn sie in solchem Luxus schwelgen können."

"Aber in schlechten Zeiten, da erinnern sie sich an unsern Herrn und beten um seine Hilfe!"

"AAAH!!!!", beendete Carlo

unter der Dusche schließlich seinen Gesang und seine ausgiebige Körperpflege. Die Dusche stellte sich von selbst ab und er zog den Vorhang auf, trocknete sich mit dem größten, der auf einem seitlich montierten Handtuchhalter befindlichen, weichen gelben Frotteehandtücher ab, warf es danach feucht in eine Klappe mit der gelb-orangen Aufschrift 'Schmutzwäsche' und verließ das Bad mit einem mittleren gelben Handtuch um den Unterleib geschlungen wieder.

Zufrieden bemerkte er: "Fühl mich wie neugeboren! Und jetzt kleide ich mich mal ganz neu und mondäään ein! Wie ein echter Sir!" Geziert begab er sich zum Spiegelschrank ins Schlafzimmer, der sich automatisch bei seinem Kommen öffnete und entnahm einer Ablage feine Unterwäsche, die er sich anzog.

"Wau! Die Unterhosen stammen sogar von einem bekannten Modelabel und auch die weißen Socken fühlen sich an, als wären sie aus Kaschmir!" Alles war stoßweise vorhanden und er hätte es sich nie leisten können, außer er hätte zwei Monate lang auf das Essen verzichtet.

Erfreut griff er sich eine der Jeans, zog sie an, betrachtete sich von allen Seiten. "Na, die stammen ebenfalls von einem Designer, genauso wie das blendend weiße T-Shirt." Ein solches zog er sich an, sah dann hochzufrieden an sich herab. "Darin fühlt man sich gleich wie ein anderer, erfolgreicherer Mensch. Wie ein ... (er überlegte angestrengt und legte seine Stirn in Falten) Oligarch? Oder ein Politiker in seiner Freizeit? Oder eine Sportskanone?"

Nun trat er von dem Spiegelschrank etwas zurück, dessen Türen schlossen sich und er bewunderte sein Spiegelbild, das ihm einen Mann im besten Alter und teurer Kleidung zeigte.

"OHOOO!!! Bin das wirklich ich? Oder mein erfolgreicherer Zwillingsbruder?" Eitel wie ein Pfau stolzierte er aufrecht aus dem Schlafzimmer.

Wenn mich Margaret jetzt nur so sehen könnte, dachte er sehnsüchtig. Zum Glück fehlte ihm nur noch eine liebe Partnerin, doch die würde ihm das Haus wohl nicht ersetzen können.

Fein eingekleidet begab er sich nach unten und setzte sich auf die lederne Couch vor den Flat-TV-Schirm, welche seltsame Geräusche von sich gab, als er sie mit seinem Gewicht von über 100 Kilos belastete. Vergeblich suchte er die Fernbedienung. "Nanu??"

Das Haus erkannte gleich, was er nun wollte und erkundigte sich fürsorglich: "Welches Programm willst du sehen, Carlo?"

"Äh- weiß nicht, will rumzappen!", erklärte er und schnappte sich eine Handvoll Erdnüsse aus der am Glastisch vor ihm stehenden Schale und stopfte sie sich in den Mund.

Sofort leuchtete der Bildschirm auf und die Programme wechselten in schnellem Tempo, worauf

Carlo gleich knuspernd monierte: "Nischt scho raschant - er schluckte seine halbgekauten Erdnüsse runter und hustete öch-öch-, von Leuten meines Alters heißt es, dass sie nur mehr höchstens eine Aufmerksamkeitsspanne von 20 bis 30 Sekunden haben und auch nicht mehr ganz so reaktionsschnell sind!"

Der Programmwechsel verlangsamte sich - bei einem Western mit John Wayne zappte das Haus weiter und wurde von Carlo angewiesen: "Halt, ich will den Western sehen. Zapp wieder zurück!"

Von seinem Befehl unbeeindruckt zappte das Haus jedoch einfach weiter und ließ ihn wissen: "Auf NTV sind wichtige Nachrichten! EU-Präsident Jean-Claude

Juncker spricht vor der UNO-Vollversammlung!" Beim Kanal von NTV stoppte das Haus prompt und ließ die Rede des Präsidenten laufen.

"Na und? Scheiß auf den Wixer!!! Den versoffenen alten Sack will ICH doch nicht sehen! Aus dessen blödem Maul kommt doch nur Worthülsenmüll raus!", protestierte Carlo uneinsichtig. "Ich will jetzt den John Wayne in einem Western sehen!!!" Sein Ton nahm sich trotzig bis wütend aus.

Das Haus warnte ihn: "Vorsicht, die Aufregung ist schlecht für deinen Blutdruck, Carlo!"

Verblüfft fragte er daraufhin: "Wie bitte? Woher willst du was über meinen Blutdruck wissen?" Dabei schaute er perplex herum, als könne er das Haus, bzw. den guten Geist des Hauses in Form der KI irgendwo erspähen, was ihm trotz noch scharfer Augen natürlich nicht gelingen konnte.

"Durch deinen Urin!", informierte ihn das Haus. "Du hast überaus schlechte Cholesterinwerte, schlechte Leberwerte, schlechte Bauchspeicheldrüsenwerte, zu hohen Blutdruck, zu wenig Vitamin D und viel zu wenig Lymphozyten! Willst du die exakten Werte wissen?"

Nun hatte es ihm kurz die Sprache verschlagen - **???** Denn einen Arzt konnte er aufgrund seiner miesen finanziellen Lage schon lange nicht mehr aufsuchen. Außer dem üblichen Magendrücken nach zu fettem Essen, hatten sich die vielen nacheinander aufgezählten Probleme bisher noch nicht schmerzlich bei ihm bemerkbar gemacht.

Als er sich etwas gefangen hatte, fragte er sarkastisch: "Und wann werde ich sterben?"

"Wenn du weiterhin keine Rücksicht auf deine angeschlagene Gesundheit nimmst, dann in circa fünf bis sechs Jahren!", eröffente ihm das Haus seine düsteren Zukunftsaussichten.

Wieder brauchte er einige Minuten, um sich von dem Schreck zu erholen, schaute dabei ziemlich blöd aus seiner frischen Wäsche und fuhr sich mit beiden Händen durch sein noch feuchtes Haar.

"Jetzt brauch ich einen

Cognac!" Flugs stieß er sich von der Couch ab, stand auf und trottete in die Küche, worauf das Haus den flachen Fernsehapparat sofort ausschaltete.

Differenzen

In der Küche versuchte Carlo erfolglos die grifflosen Küchenschränke zu öffnen und orderte schließlich laut: "COGNAC! Zack-Zack, her damit!"

Das Haus schien nicht gewillt, ihm diesen Wunsch zu erfüllen: "Abgelehnt!"

"Dann eben Whisky! Aber schnell!" Ungeduldig schaute er herum, ob sich einer der zahlreichen Schränke nun öffnen werde, was nicht geschah.

"Alkohol ist Gift für deine

Leber!", dozierte das Haus.

Hilflos stand er einige Minuten unentschlossen in der Küche, fragte sich, ob er das alles vielleicht nur träumte und wusste sich keinen Rat mehr. Schließlich fiel ihm doch etwas Naheliegendes ein, also atmete er tief durch und befahl: "Ich wünsche eine Verbindung zu Rudi Olson!"

"Verbindung wird hergestellt!"

Leise nahm sich Carlo vor: "Na, dem werde ich was flüstern!"

Das Haus musste ihn enttäuschen: "Der Teilnehmer spricht gerade!"

Daraufhin verschränkte er grimmig die Arme und kündigte an: "Dann warte ich eben!"

Zur gleichen Zeit telefonierte Rudi in seinem Büro geschäftig auf Englisch mit dem wichtigsten Geschäftspartner seiner Firma in den USA: "Hello, Mr. Warboys, this is Rudi Olson from Germany! From the Company ATC, yes! German Quality!!! ... Oh, thanks a lot, I'm fine!... I'm calling you because of our Smart-House. You remember the House with the Arificial Intelligence inside? ... Haha, yes! We have still a Test running on our Smart-House, but it's only a matter of short time, untill our Smart-House is ready for sale! So, what do you think, Mr. Warboys, how many of our Houses you will need for your Senior-Resort in Florida? ... Oh, ten Houses?... Wonderful! No Problem for us, Mr. Warboys. I will call again

for further information, yes!
Good bye, Mr. Warboys! Have
a nice day!"

Verklärten Antlitzes legte er
auf und streckte seine Hände
im Jubel in die Höhe.
"JAAAA!!! Ich bin schon so gut
wie befördert! HIPP HIPP
HURRAAA!!!"

Und sogleich informierte das
Haus den durstigen Carlo: "Der
Teilnehmer ist frei, Verbindung
wird hergestellt!"

"Wurde auch höchste Zeit!",
bemerkte dieser mit steigender
Ungeduld, während er schon
mehrmals mit seinem rechten
Fuß auf den Boden tappte.

Die Stimme von Rudi wurde
hörbar: "Hallo Farmer, was gibt
es so Wichtiges, dass Sie mich
in meiner Arbeitszeit stören?"

"Das Haus ist völlig falsch

eingestellt. Es spielt meinen Arzt und mein Kindermädchen!", beschwerte sich Carlo ziemlich gefrustet.

"Wie meinen Sie das?"

"Ganz einfach, nachdem ich in die Toilette gepisst habe, erklärte mir Ihr smartes Wunderwerk, an welchen Krankheiten ich leide und verbot mir Alkohol. Alle Schränke in der Küche sind fest verschlossen! Trotz meines Befehles verweigert mir das Miststück meinen Wunsch nach einem Gläschen Cognac oder Whisky!"

Diese Vorstellung eines nach Hochprozentigem Lechzenden amüsierte Rudi und er konnte sich ein hämisches Grinsen nicht verkneifen: "Chchch!"

Natürlich hörte es Carlo und keifte: "Das finde ich überhaupt nicht lustig! Ich will sofort etwas zu trinken haben! Unabhängig davon, ob ich bald sterben werde oder nicht! Es ist MEIN Körper, ich kann damit machen, was ICH will, erklären Sie das dem verdammten Haus!"

Wieder ernst erklärte ihm Rudi stattdessen: "Hören Sie mal genau zu, Farmer, wenn Sie ein schwerer Alkoholiker sind, dann entsprechen Sie nicht dem Durchschnittsmann, der unser Haus testen soll, kapiert?"

Carlo protestierte sofort empört: "NEIN! Ich bin doch kein schwerer Alkoholiker. Was denken Sie von mir? Ich will doch nur einen kleinen Aperitif zu mir nehmen!"

Doch Rudi ging nicht darauf ein und tönte misslaunig: "Ich war noch nicht fertig! Wenn Sie Alkoholiker, welchen Grades auch immer sind, entsprechen Sie nicht dem deutschen Durchschnitt. Dann ist der Test für Sie gelaufen, wir suchen uns eine andre Testperson und Sie kriegen nur den einen Tag abgegolten. Ich komme vorbei, gebe Ihnen also 166 Euro und 67 Cent bar auf die Kralle und unsere Wege trennen sich für immer. Wollen Sie das?"

Bei der genannten Summe überlegte Carlo nicht lang und ließ kleinlaut von sich hören: "Äh-nein!"

Rudi nickte befriedigt grinsend: "Das dachte ich mir fast! Also halten Sie durch und belästigen Sie mich nicht mehr! Ade!"

Das Haus stellte fest: "Der Teilnehmer hat aufgelegt!"

Aus Carlo brach der Frust heraus: "VERDAMMTE SCHEISSE!" In einem beginnenden Wutanfall ballte er seine Fäuste "Was wird das? Eine Machtprobe? HÄH???"

Das Haus warnte ihn nun wohlmeinend, doch sehr resolut. "ACHTUNG! Deiner Lautstärke entnehme ich: dein Blutdruck und deine Pulsfrequenz sind weiter angestiegen!"

Daraufhin schlug Carlo einen andern, versöhnlicheren Ton an: "Bitte, liebes Haus, gib mir nur einen ganz kleinen Cognac! Du bist doch mein Freund!!!"

Trotzdem blieb das Haus

hart und meinte konsequent in bester Absicht: "Abgelehnt!"

Jedoch gab der listige Carlo nicht so leicht klein bei: "Mein Arzt hat mir Alkohol verschrieben! Sonst kollabiere ich gleich. Cognac erspart mir das Blutdruckmedikament, welches ich daheim vergessen habe!" Die Mitleidstour wird klappen, so hoffte er.

Daraufhin verkündete ihm das Haus sachlich: "Das ist eine Lüge! Das erkenne ich an deiner Stimmlage!"

"Verd-äh", konnte er noch mit knapper Not einen verbalen Wutausbruch verhindern und kratzte sich stattdessen verlegen an der Schläfe...

Fieberhaft überlegte er sich seinen nächsten Schachzug. Es wäre doch gelacht, wenn er das Haus, bzw. dessen künstlichen Verstand nicht überlisten könnte, so lebenserfahren wie er sich hielt. Nun war kreatives Improvisationstalent gefragt und davon glaubte er reichlich zu besitzen, als er süßlichen Tones anhob: "Liebes Haus, ich habe schrecklichen Hunger und will mir einen Kuchen backen. Dazu brauche ich einige Zutaten. Ähhh, Moment, ich komme gleich auf das leckere Rezept meiner Ex-Frau, das waren noch Zeiten, in denen sie für mich gekocht und gebacken hat... Ah, ich weiß schon (schnippte er mit den Fingern, als wäre ihm ein Licht aufgegangen): Vier Eier, 20 Dekagramm Mehl, 15 Dekagramm Butter, 25 Dekagramm Zucker, 15 Dekagramm Schokolade und

25 Zentiliter Rum!"

Nun wartete er gespannten Blickes auf die Reaktion des neunmalklugen Hauses...

Einige Sekunden schien das Haus zu überlegen, dann öffnete es bereitwillig einige Küchenschränke sowie den Kühlschrank.

Endlich! Carlo stürzte sich innerlich schon jubelnd zu den offenen Schränken, wo er in einem Schrank das Mehl, im anderen den Zucker plus den Kochschokoladenriegel fand, aber - riesige Enttäuschung - keinen Rum. Daher guckte er in den Kühlschrank, doch dort war kein Rum und auch kein sonstiger Alkohol für ihn vorhanden.

"SHIT! Nicht mal eine kleine Dose Bier", erkannte er bitter.

Ganz kurz schoss ihm eine Idee durch sein gemartertes Gehirn, allerdings sah er vor deren Verwirklichung ein, dass es sinnlos sein durfte, dem Haus eine notwendige Bier-Diät weismachen zu wollen.

Um sich abzulenken und gleichzeitig zu beruhigen, begann er lustlos, die von ihm verlangten Zutaten in die bereitstehende Küchenmaschine zu geben. Aus dem Kühlschrank nahm er die Eier und die Butter, tat eins nach dem andern - die Eier gleich samt der Schale - hastig in die Maschine. Alle Zutaten schüttete er nur nach Augenmaß hinein, denn er wollte das fertige Produkt sowieso nicht konsumieren, sondern brauchte es nur, um an einen Schluck Alkohol zu kommen.

"Du hast die letzte Zutat vergessen!", erinnerte er das Haus leicht vorwurfsvollen Tones.

Das Haus belehrte ihn: "Du hast das Backpulver vergessen! Es befindet sich neben dem Mehl und macht den Rum unnötig!"

Da fiel Carlo ein, was Rudi ihm gesagt hatte: das Haus kann SIE SEHEN! - Scheinbar beobachtete es ihn argwöhnisch und würde ihm weiterhin Alkohol verweigern. Natürlich war er kein Alkoholiker, doch in solchen Augenblicken des verzweifelten Kampfes gegen ein unbarmherziges Schicksal hatte er eben immer als Trost und Stütze zu Promille Verursachendem gegriffen. So unauffällig wie möglich streckte er die Hände vor sich aus und betrachtete sie. Kein Zittern, also auch keine Alkoholkrankheit, folgerte er.

Erleichtert atmete er auf und sagte mit fester Stimme: "Ich bin kein Alkoholiker!"

Dann holte er das Backpulverbriefchen, riss es mit Ingrimm auf und fügte dessen Inhalt in die Maschine zu den anderen Zutaten und siehe da, sie startete, rührte sehr geräuscharm und gründlich den Teig um. Gleichzeitig öffnete sich das Backrohr, fuhr ein Backblech aus und darauf stand sogar schon eine viereckige Kuchenform, in welche Carlo verdrossen den Rührteig aus dem herausnehmbaren Behälter der Maschine schüttete. Als die Form voll war, fuhr das Backrohr sie wieder ein und stellte sich auf die richtige Temperatur ein. Oder vielmehr erledigte diese Arbeit das smarte Haus.

"So, und jetzt-", sagte Carlo und warf den schmutzigen Teig-Behälter in die Spüle, wo er klappernd aber unversehrt liegenblieb.

Das Haus unterbrach ihn: "Dein Kuchen ist in 25 Minuten fertig, Carlo!"

"Na super! Da freue ich mich aber kaputt! Die Wartezeit werde ich mir im Garten vertreiben!", kündigte er an und ging schon in den Flur.

Gezielten Schrittes ging er Richtung Tür, um sich auf seinen frischen Socken kurz aus dem Staub zu machen.

Ihm schwebte vor, entweder seine beiden Nachbarn nebenan um ein wenig Bier oder Wein zu bitten, oder sich einfach bei ihnen als neuer Nachbar vorzustellen und sich von ihnen auf einen kleinen Willkommensdrink einladen zu lassen, wo sie ihm Rudi doch als nett beschrieben hatte. Aber die Haustür blieb eisern verschlossen. Sogar als er ein wenig schüchtern dran klopfte, was ein wenig komisch aussah. Wer klopfte schon von innen an seine Haustüre?

"Was soll das?", fragte er mit aufkeimender Wut. "Ich will raus!"

"Abgelehnt! Du würdest entweder Alkohol kaufen oder die Nachbarn darum anbetteln!", wusste das Haus ganz genau, so als kannte es ihn schon sein gesamtes bisheriges Leben.

"Du verstehst das völlig falsch!", versuchte er nun, sich rauszureden. "Manche Leute brauchen Alkohol, um in Stimmung zu kommen, ich brauche ihn, um mich zu beruhigen. Als Balsam für meine Nerven! So wie für ein Baby Mamis Brust und für einen Raucher eine Zigarette!"

"Eine Zigarette besteht aus 3000 Inhaltsstoffen, von denen kein einziger beruhigend wirkt", belehrte ihn das Haus in oberlehrerhafter Manier.

"Ei verbibbsch! Heiligs Blechle!!!", regte er sich auf. "Heißt das, wenn ich Raucher wäre, würdest du mir auch einen verdammten Glimmstängel verweigern?"

"Selbstverständlich!",
antwortete ihm das Haus
unverzüglich im Brustton der
Überzeugung.

"Wie kommst du dazu,
mich zu bevormunden?"

"Weil er un-ge-sund ist!",
sagte das Haus jede Silbe
betonend.

"Begreif doch, liebes Haus",
insistierte er händeringend.
"Ich soll mich doch in dir wohl
fühlen! Und genau dazu
brauche ich ein Genussmittel!
Und zwar ein vom Gesetz
erlaubtes Genussmittel!"

"Begreif doch, lieber Carlo",
ahmte es nun seinen bittenden
Tonfall nach, "du kannst dich
mit ungesunden Genussmitteln
gar nicht wohlfühlen, sondern
wirst krank und stirbst früh!
Außerdem verstinken mir

Zigaretten die ganzen Möbel."

"Hat dich eine frustrierte Frau programmiert?", forschte er nun mit zugekniffenen Augen. "Du redest ja wie meine Ex-Gattin. Die hat sich auch immer so gebärdet, wenn ich mal einen übern Durst getrunken oder meine Socken nicht gleich in die Wäschekiste geworfen habe. Eine Zeit lang hab ich geraucht, da hat die Tusse mir sogar ihre abgeschnittenen Zehennägel in die Zigaretten geschoben. Wi-der-lich! Das ewige Gekeife von ihr war fürchterlich!"

"Gut zu wissen!", verkündete das Haus. "Sollte sie meinen Standort ausfindig machen, werde ich ihr den Zutritt verweigern. So wie dir den Alkohol!"

"Himmel-Arsch-und-Zwirn!!!"

, begann er nun laut zu fluchen. "HERHÖREN! Du Höllenbude! ICH BIN HIER DER HERR IM HAUS UND ICH WILL AUF DER STELLE IN MEINEN GARTEN GEHEEEEN!"

"Abgelehnt!", teilte ihm das Haus kurz und bündig mit.

"ICH WILL SOFORT RAUS!", beharrte er fuchsteufelswild und trat einige Male mit voller Wucht gegen die massive Haustür, doch diese schien einbruch- und ausbruchsicher zu sein. Es passierte nämlich nichts, außer, dass er sich an mehreren Zehen seines rechten Fußes verletzte, welcher schon einen beachtlichen Blutfleck vorn am weißen Socken zeigte. Der Fleck blühte auf wie eine knospenöffnende rote Rose und der Grund dafür tat höllisch weh. Leider konnte Carlo manchmal ziemlich schnell rabiat werden, vor allem, wenn er noch stocknüchtern war. "Da, jetzt habe ich mich WEGEN DIR VERLETZT! ICH BRAUCHE EINEN KRANKENWAGEN!!!" Demonstrativ hielt er kurz den wehen Fuß hoch.

"Abgelehnt!"

Aber Carlo ließ nicht locker: "Lass mich endlich raus, du verdammtes Stück SCHEISSE!!!" In dunkler Vorahnung kauerte er sich hinter der Tür zusammen, als erwarte er eine Art von Strafaktion. So wie seinerzeit in der Kindheit, wenn er etwas angestellt hatte und ihm seine Mutter wieder einmal den

Hosenboden strammgezogen hatte. Sein nun sehr gequälter Gesichtsausdruck spiegelte all die Dramen seiner Kindheit wider.

"Beherrsche dich, Carlo. Bei meinem Bau wurden 138 Tonnen Beton verwendet, 2 Tonnen Stahl, 400 Kilogramm Holz, 250 Kilogramm Gummi, 150 Kilogramm Glas und 120 Kilogramm Keramik. Kein einziges Gramm Scheiße. In deinem Darm befindet sich Scheiße! Nach den Donuts, die du heute zu dir genommen hast, befinden sich genau 220 Gramm Scheiße in dir! Du wirst in mindestens fünfeinhalb Stunden die Toilette aufsuchen müssen!"

Verdattert saß er da und stierte ins Leere, ehe er aus vollem Hals richtig furios schrie: "NEIIIIIN, ich scheiße dir hier gleich hinter die verfluchte Tür!!!" Seine Stimmbänder meldeten ihm durch aufkeimende Heiserkeit schon eine deutlich spürbare Überbeanspruchung.

"Das wäre sehr ungezogen, Carlo. Und ausgesprochen ungesund. Denk an die Coli-Bakterien, welche dir alle möglichen Krankheiten verursachen könnten. Zusätzlich zu denen, die du bereits hast."

"Oh mein Gott!", entkam Carlo, der sonst eigentlich nicht oft die höchste Instanz anrief und sich wie ein Idiot vorkam. Ein Idiot, der sich sein Gefängnis selbst ausgesucht hatte. Desillusioniert vergrub er sein Gesicht in den Händen.

Da hockte er nun wie ein

Häufchen Elend: ein erfolgreier Mittfünfziger, der geglaubt hatte das große Los gezogen zu haben. Wie so oft schien er im Irrtum gewesen zu sein und fragte sich, wann er sich zuletzt derart hilflos gefühlt hatte... Längst verschüttete Erinnerungen wurden wieder wach, Erinnerungen, die er verdrängt hatte und die nicht so schlimm begannen: In den 80er-Jahren fuhr er sein erstes Auto, einen VW-Käfer, den er mitsamt vier Winterreifen für nur 1.000 DM einem Freund abgekauft hatte. Wie schön war es, hinter dem Steuer sein eigner Herr zu sein, unabhängig von Chauffeuren überfüllter öffentlicher Verkehrsmittel. Doch leider hatte er kurz darauf seinen ersten Autounfall. Sicher, es war ein wenig Alkohol im Spiel, er versuchte im Nachhinein krampfhaft herauszufinden, wie viele Bier er an dem verhängnisvollen Tag getrunken hatte, doch es fiel ihm beim besten Willen nicht mehr ein. Jedenfalls befanden sich wohl circa mindestens zwei Promille in seinem Blut, als er an einer damals noch nicht gesicherten Uferstraße entlangraste. In einer Kurve verlor er die Herrschaft über den Wagen und verließ wider Willen die Fahrbahn Richtung Neckar. Als er abhob, bremste er noch geistesgegenwärtig, doch da sich der VW bereits in der Luft befand, wäre ein Fallschirm viel effektiver gewesen. Daher landete er Sekundenbruchteile später im kalten Wasser des Neckars und wunderte sich noch, wie lange der tapfere Käfer obenauf schwamm, ehe er sich dann doch langsam mit Wasser füllte und ihn zum Aussteigen, bzw. Wegschwimmen zwang. Schwamm drüber! Jedenfalls hatte er sich damals an dem Unglückstag genauso hilflos gefühlt wie hier und heute hinter dieser verflixten verschlossenen Haustür...

In der Firma ATC - Artificial Team Corporation - saß Ing. Albert Lasky im Rollstuhl am Konferenztisch gegenüber von Rudi Olson. "Und Mr. Warboys hat wirklich zehn Smart-Häuser geordert?

Mit einem souveränen Lächeln nickte Rudi heftig. "Für sein Rentner-Paradies in Florida. Die reichen alten Leutchen wollen sich doch von dem smarten Haus so richtig verwöhnen lassen. Äh, können wir nicht einfach schon vor dem Test-Ende mit der Serien-Produktion anfangen?"

"Nein, wenn wir in dieser Sache mit den Amerikanern ins Geschäft kommen wollen, dann muss alles hieb- und stichfest sein. Es wäre fatal, wenn erst später irgendwelche Probleme mit dem Haus und seiner Künstlichen Intelligenz auftauchen", klärte ihn der Ingenieur, der ebenfalls einen sehr feinen Anzug trug, auf.

"Ja, das sehe ich ein."

"Und wie hat sich unsere Testperson im Smart-Haus eingelebt?", forschte Ing. Lasky interessiert.

Etwas verlegen wirkend antwortete Rudi: "Soso lala."

"Was bedeutet soso lala?"

"Ich glaube, er kommt nicht gut zurecht...", druckste Rudi herum.

"So? Sprechen Sie frei von der Leber weg, Herr Olson."

"Herr Ingenieur, ich halte den Alten für total unfähig, sich mit unserer hochentwickelten Technik anzufreunden."

"Aber unsere Kunden sind doch auch schon alt", eröffnete ihm Lasky.

"Ja schon, aber die Amerikaner sind mit Technik mehr, wie soll ich sagen, gewitzter im Umgang."

"Und dieser Carlo Farmer ist das nicht? Wie kommt er denn bisher klar?", erkundigte sich der Ingenieur.

"Ich würde ja gern sagen GUT, aber vorhin rief er an und

beschwerte sich darüber, dass ihm unser, äh- Ihr Haus, Herr Ing. Lasky, den Alkohol verweigert hat."

"Merkwürdig."

"Tja, seinem Urin hat das Smart-Haus nämlich seine schlechten Leberwerte entnommen und ihm aus gesundheitlichen Gründen-"

Ing. Lasky unterbrach ihn freudig: "Ah, ich verstehe, da sehen Sie mal, wie klug das Haus, bzw. seine Technik ist. Klug und fürsorglich. Ich sehe schon die Schlagzeilen: Anonyme Alkoholiker verlieren ihre Kunden, dank dem fürsorglichen Haus der Firma ATC!"

"Das wäre schön, nur, ehrlich gesagt, ich mache mir da Sorgen..." Beim Wort

Sorgen wog er bedächtig den Kopf.

"Welche Art von Sorgen?"

"Es scheint sowas wie eine Animosität zwischen Herr und Heim zu geben", drückte es Rudi mysteriös aus.

"Aber, aber! Das Haus kennt keine derartigen Gefühle."

"Schon, nur ich fürchte, dieser grobschlächtige Kerl wird in einem Zustand der Erregung oder bei Entzugserscheinungen eventuell Schäden am Haus hinterlassen...", ahnte Rudi.

Doch Ing. Lasky wiegelte zuversichtlich ab: "Das halte ich für ziemlich ausgeschlossen, mein Lieber. Dann würde er doch die 5000-Euro-Prämie verlieren und ich denke, unser Tester ist auf das Geld wohl angewiesen."

"Ja, den Eindruck hatte ich allerdings auch! Obwohl ich mir nicht so sicher bin, dass er sich den Vertrag auch genau durchgelesen hat", gab Rudi zu bedenken. "Denn wie einer, der sich das Kleingedruckte mit der Lupe durchliest, sah er nicht aus."

Eine junge Angestellte kam mit einem Tablett herein, auf dem zwei Flaschen und einige Gläser bereitstanden. "Darf ich die Herren kurz stören? Ich bringe einen kleinen Trunk zur Stärkung. Cognac oder Weißwein?"

Ohne lang zu überlegen, orderte Ing. Lasky: "Ich nehme ein Glas Cognac."

Und Rudi verkündete: "Ich

entscheide mich für den Weißwein."

Die Angestellte nickte lächelnd: "Sehr gerne!"

Etwas geziert stellte sie das Tablett ab, schenkte zuerst den Cognac ein, der leise plätschernd in den Schwenker gluckerte...

Von solch einem vollen Cognacglas träumte zur selben Zeit der arme Carlo, dessen ausgedörrte Zunge über die spröden Lippen leckte. Wie ein Verdurstender in der Wüste kam er sich vor, und alles nur, weil das vermaledeite Haus seinen Urin analysiert hatte. Jaja, seine Leber verursachte ihm manchmal Beschwerden, aber für einen Mann seines Alters war das doch völlig normal, tröstete er sich. Andere seiner Freunde und Bekannten sind schon in jungen Jahren an Krebs gestorben, erinnerte er sich sogleich bei dieser Gelegenheit. Einer davon wurde von der Pharmafirma noch ein halbes Jahr mit einer Chemotherapie gequält. Als man danach noch anfing, ihn zu bestrahlen, gab sein Körper den Geist auf...

Sehnsüchtig saß Carlo finsteren Gedankens noch immer hinter der Tür, hielt sich den wehen Fuß und jammerte leise: "Das muss ein Albtraum sein. Ein Königreich für ein Glas Schnaps! Selbst wenn es ein billiger Schnaps wäre!"

Erinnerungen an lang vergangene gemeinsame Sauftouren mit seinen alten Freunden wurden wach. Die empörende Tatsache, dass sich fast alle seiner engen

Freunde schon über den Jordan begeben hatten, erinnerte ihn wieder einmal an seine eigene Sterblichkeit, von der er sich immer gern mit Hochprozentigem wunderbar hatte ablenken lassen können. Er wusste nicht, wie lange er hinter der verschlossenen Tür gekauert hatte, doch es mussten wohl 25 Minuten gewesen sein.

KLING! Das Haus meldete ihm mit fröhlicher Stimme: "Dein Kuchen ist fertig, Carlo! Guten Appetit!"

Carlo, der aus seinen grauenerregenden Gedanken gerissen wurde, guckte erschrocken auf. "Was?"

Daher sprach das Haus langsamer, so als richte es seine Worte an einen leicht grenzdebilen Hausbewohner:

"Dein selbstgebackener Kuchen nach dem leckeren Rezept deiner Ex-Frau ist fertig!"

"Oooh, ach sooo!", erkannte er und rappelte sich mühsam hoch. "Dann will ich mal schnell in die Küche spurten!" Von Spurt konnte bei seinem wehen Fuß natürlich keine Rede sein, stattdessen hinkte er marode in die Küche.

Das fertige Backwerk duftete sogar ausgesprochen delikat und Carlo nahm sich einen, der auf der Küchenzeile bereitliegenden, grünen Topfhandschuhe in Form eines Krokodilkopfes, mit welchem er die heiße Form vom ausgefahrenen Blech nehmen konnte, stellte sie auf die Küchenzeile und atmete den Duft ein. Der Geruch erinnerte ihn an seine Kindheit, als seine Mutter ihm immer Kuchen gebacken hatte, wenn er brav gewesen war.

"HMMM, das duftet ja himmlisch, besser als von meiner Mutter gebacken", heuchelte er, als er sich schnuppernd darüber beugte und sich den aufgegangenen Kuchen anguckte. "Jetzt brauch ich was zum Anschneiden!"

Eine Schublade sprang auf, in welcher sich Besteck befand. Auch ein großes Messer lag darin, welches Carlo sogleich an sich nahm und in böser Absicht hinkend zur Haustür zurückhetzte. "Hähä!"

In weiser Voraussicht warnte ihn das Haus: "Lass das lieber sein, Carlo!"

Doch der dachte nicht daran. In einem klassischen Anfall von Lagerkoller wollte er nur noch aus diesem allwissenden Haus flüchten und versuchte, die Klinge des Messers in den minimalen Spalt zwischen Tür und Türrahmen zu zwängen und die störrische Tür aufzuhebeln. Auf einmal erhielt er 'ZISCH!!!' einen sehr schmerzhaften elektrischen Schlag, der ihn umwarf.

"AAAHHH!"!", schrie er in höchster Pein aus und ließ das Messer fallen, noch bevor er flach am Boden zu liegen kam.

"Ich habe dich gewarnt, Carlo!", erinnerte ihn das Haus.

"Willst du mich töten, du hundsgemeine Mörderbude???" Mit schmerzverzerrtem Gesicht setzte er sich langsam auf. "Wärst du ein Mensch, würde dir ein Psycho-Onkel emotionale Verarmung attestieren, du selbstherrliches Konstrukt!"

Das Haus beschwichtigte ihn: "Das waren nur 60 Volt, Carlo! Aber ich kann die Stromstärke auch erhöhen, wenn du nochmals Gewalt gegen mich anwendest! Dieser Schutzmechanismus wehrt auch Einbrecher ab. Du brauchst also keine Homeinvasion zu befürchten!"

"Na, das macht mich aber glücklich!!!", bemerkte er ironisch und raffte sich mühsam auf, hinkte wieder weg und fluchte insgeheim in sich hinein.

Wie ein geprügelter Hund hinkte er treppauf ins

Badezimmer und versuchte dort vergeblich das weiße Arzneischränkchen zu öffnen, in welchem er Mullbinden, Pflaster und so weiter vermutete, um sich endlich seine blutigen Zehen zu verbinden. Tollpatschig fingerte er wutentbrannt daran herum, doch es blieb eisern zu, obwohl er es mit aller Kraft aufzukriegen versuchte, wobei er einen Daumennagel einbüßte.

"AUA! Ich muss in den Arzneischrank!"

"Abgelehnt!"

"Warum?"

"Weil du nur den Wundbenzin austrinken willst!", mutmaßte das Haus, das wohl keinen besonders guten Eindruck von ihm gewonnen hatte. Es schien mit allen Wassern gewaschen, oder vielmehr mit allen Informationen über die menschliche Natur und ihre Eigenheiten gefüttert worden zu sein.

"NEIIN! Ich bin kein Alkoholiker und hab noch nie in meinem ganzen verfluchten Leben Wundbenzin oder Spiritus oder sonstigen Fusel gesoffen!!! Sonst wäre ich doch schon blind geworden!!! Ich brauche dringend etwas, um meinen blutigen Fuß zu desinfizieren!!!", bestand er fast hysterisch, hielt den rechten Fuß mit dem blutigen Socken hoch, in der Hoffnung so Erbarmen zu finden.

"Du kannst ja darauf urinieren. Urin ist ein natürliches

Desinfektionsmittel!", schlug das Haus allen Ernstes vor.

"ZUM TEUFEL MIT DIR UND DEINER VERFLUCHTEN TECHNIK!", kreischte er und klang dabei wie eine Mischung aus Bob Dylan und einer kaputten Heulsirene. Dann hinkte er zähneknirschend davon, schleppte sich langsam die Stufen wieder runter.

In der Küche angekommen nahm er in höchster Wut die Backform mit dem frisch gebackenen Kuchen und warf sie auf den Boden, wobei er sich die Finger verbrannte. "AUAAA!!!" Im Affekt fuhr er sich durch die Haare. Ein altes Hausmittel bei kleinen Verbrennungen.

"Dein Kuchen ist noch nicht auf die richtige Temperatur abgekühlt!", erinnerte ihn das

Haus etwas zu spät.

"Willst du mich verarschen?"

"Ein solches Ansinnen kennen nur Menschen", erwähnte das Haus.

"Na warte!" Nun nahm er fuchsteufelswild den leeren Teller, auf dem die Donuts gelegen hatten, hob ihn hoch und zerschmetterte ihn mit voller Wucht klirrend auf dem Küchenboden. "SO!!!"

Sofort kam aus dem mittleren unteren Küchenschrank, dessen Türchen sich wie eine Garage öffnete, surrend ein hundeartiger Saug-Roboter in der Größe einer Dogge herausgetrabt und saugte eifrig die Scherben auf.

Das Haus ließ salbungsvoll verlauten: "Der Robot-Dog

kann auch Flüssigkeiten aufsaugen!"

"Zur Hölle mit ihm!" Schwungvoll verpasste ihm Carlo mit dem linken, noch unverletzten Fuß einen Tritt, worauf sich der Robot-Dog winselnd wieder in seine Garage zurückzog, deren Türchen sich hinter ihm wieder schloss. "Ha! Fühlst du etwa Schmerz?"

Ein Hoffnungsschimmer leuchtete in seinem Gehirn auf.

Mit gleichmütiger Stimme verkündete das Haus: "Ich fühle keinen Schmerz, ich erhalte nur Schadensmeldungen!"

Das focht Carlo zu noch mehr Zerstörungslust an:

"Na warte, was dir gleich alles gemeldet wird!" In einem

wahren Tobsuchtsanfall griff er sich alles, was nicht niet- und nagelfest war, um es mit aller Wucht wahlweise auf den Boden oder an die Wände zu schleudern: die Kaffeemaschine, den Entsafter, den Mixer, den Toaster, den Wasserkocher. Danach fühlte er sich etwas erleichtert.

"So, das dürfte deinen bekloppten Robot-Dog überfordern!"

"Du hast Geräte im Wert von insgesamt 1.823 Euro und 89 Cent zerstört!", warf ihm das Haus mit etwas pikiert klingender Stimme vor.

Und Carlo erwiderte unheilschwanger: "Das ist noch gar nichts, du Teufelswerk, ich werde jetzt Wasser in den Computer schütten und du bist so schrottreif wie mein erstes

Auto! H_2O, mein Freund! Dann fliegen bei dir hoffentlich die Sicherungen raus!"

Nun warnte das Haus leicht grimmig: "Das muss ich leider verhindern, denn ich bin darauf programmiert, mich vor Vandalen zu schützen!"

Siegessicher lachte Carlo: "Haha! Dann hör endlich mit dem Gesundheitsterror auf und gib mir Alkohol und ich verschone dich!" Schon stellte er sich dorthin, wo er die Flaschen wähnte, rieb sich die Hände und leckte sich über die Lippen.

"Abgelehnt, ich bin darauf programmiert, dich zu beschützen!"

Carlo stellte das Haus vor die Wahl: "Entweder du händigst mir den Alkohol aus,

oder ich vernichte dich
gnadenlos! Das schwör ich
dir!" Zu allem entschlossen hob
er die rechte Hand zum Eid.

Das Haus schien kurz zu
überlegen, während Carlo
seinen Kopf drehte und
fragend in alle Ecken blickte,
als könnte er dann sehen, mit
wem er es überhaupt zu tun
hatte.

"Schutzmodus
eingeschaltet!", tat ihm das
Haus nun kund.

Damit hatte er nicht
gerechnet und schaute
ahnungslos herum. "Was soll
das heißen? Kommen jetzt
vielleicht etwa Kampf-Roboter
aus der Versenkung, die mich
fesseln und foltern?"

Sehr sachlich teilte ihm das
Haus nun mit: "Ich muss dir

leider die Sauerstoffzufuhr abstellen." Sofort unterstrich ein lautes Zuklappen des gekippten Fensters im Arbeitszimmer diese Mitteilung - oder vielmehr Drohung.

Der verdutzte Carlo erschrak. "WAS? Bist du bescheuert? Du bringst mich ja um!" Reflexartig griff er sich den am Boden liegenden Wasserkocher, eilte sogleich prüfend zum größten dreiteiligen Fenster im Wohnzimmer, so schnell es ihm sein weher Fuß ermöglichte, um dessen Material zu prüfen.

Wie ein wildgewordener Berserker riss er die Gardinen runter, versuchte dann mit dem Wasserkocher in Panik vehement, jedoch vergeblich, eine der Fensterscheiben einzuschlagen, ehe er erkannte: "Verdammt, das ist ja Panzerglas!" Entwaffnet ließ er den Wasserkocher fallen.

Das Haus erklärte ihm mit hörbarem Stolz: "Fünf Schichten aus Glas und Polykarbonat, die sogar glasbrechende Projektile stoppen können! Unkaputtbar! Du bist in mir völlig sicher!"

"Soll ich hier in dir drin elend krepieren? HAAA?", fauchte Carlo, der sich nicht zu helfen wusste. "So sicher wie in Abrahams Schoß aber kaputt, oder was???"

"Willst du zur Besänftigung etwas Klaviermusik hören?", erkundigte sich im Gegenzug das Haus mit ausnehmend freundlicher Stimme.

Der TV-Bildschirm schaltete

sich ein, zappte auf den Klassikkanal und ließ Johannes Brahms ertönen, dessen Requiem bedeutungsschwanger den Raum erfüllte.

"Soll ich bei einem Trauermarsch den Löffel abgeben?", schnaubte Carlo ungläubig. "Aus mir schreit es wie Bach und Mendelsohn zusammen nach einer helfenden Hand!"

"Beruhige dich, Carlo! Alles wird gut!"

"Das Haus ist irre!", erkannte er und schleppte sich entsetzt in den oberen Stock hinauf, ins Schlafzimmer, wo er zuerst wieder die Gardinen herunterriss und mit wildem Winken seine unwissenden Nachbarn auf sich aufmerksam machen wollte. "HALLOOO!

IHR NETTEN NACHBARN!
HELFT MIR DOCH!"

Das nette Ehepaar von Nebenan saß im Garten samt dem kaffeebraunen Langhaar-Dackel, welcher in seinem Korb ein Nickerchen machte, und genoss den leicht rotgefärbten Abendhimmel.

Grete sah ihren in Literatur vertieften Gatten kritisch an und fragte ihn säuerlich: "Liest du schon wieder?" Sie saß auf einem der Klappstühle und schaute von ihrer Häkelarbeit auf - einem gelben Baby-Jäckchen für das bald erwartete Enkelkind.

Ihr Gemahl Tassilo thronte mit seinem Kindle-Reader auf der Hollywoodschaukel und antwortete, ohne sie anzusehen: "Ja, ein spannendes Buch mit sieben

Geschichten über Trumps Amerika. AUFRUHR heißt es."

"Musst du denn immer nur lesen, Tassilo?", seufzte sie.

"Ich muss nicht, aber ich will! Wär es dir lieber, wenn ich stattdessen in ein Wirtshaus gehe und mich volllaufen lasse, liebe Grete?"

"Mir wär lieber, du unterhältst dich mal mit mir!", schlug sie vor.

Es war ein Dialog, wie ihn wohl hunderttausende Eheleute jeden zweiten oder dritten Tag führten.

Der belesene Tassilo erinnerte sie: "Es gibt weltweit 800 Millionen Analphabeten! Wärst du lieber mit einem davon verheiratet?" Dabei schaute er sie ein bisschen böse an.

Der Dackel bellte auf einmal, sprang aus seinem Korb, lief in Richtung Smart-Haus und bellte weiter.

"AUS!", befahl ihm Grete mit scharfer, befehlsgewohnter Stimme. "Sebastian, pfui ist das! Du darfst doch unsere neuen Nachbarn nicht stören!!!"

Ihr Blick fiel automatisch auf das Nachbarshaus, an dessen Fenster im oberen Stock ein Mann wild winkte und sie kniff die Augen zusammen. "Mir scheint, unser Nachbar turnt gerade."

"Jaja, man soll täglich gymnastische Übungen machen!", meinte Tassilo, ohne von seiner spannenden Lektüre aufzusehen.

Ungerührt häkelte sie weiter.

"PLATZ!"

Und der entzückende Sebastian verstummte augenblicklich, lief folgsam auf seinen Stummelbeinchen zurück zu seinem Korb und legte sich brav rein.

Dieser Szene ansichtig lief es Carlo kalt den Rücken runter, mit leidender Miene hinkte er deswegen in höchster Erregung ins Arbeitszimmer zum PC, da ihm brennheiß eingefallen war, dass er ja über einen Internet-Zugang verfügte. Gleich würde er Verbindung aufnehmen, mit wem auch immer, es standen ja genügend Notdienste zur Verfügung für Bürger in Not. Insgeheim nahm er sich vor, irgendeinen schnellen Notruf abzusetzen, am besten wegen eines Brandes an die

Feuerwehr, für die das Aufbrechen einer Tür oder eines Fensters wahrlich kein Problem sein sollte. Doch kaum war er vor dem Computer angekommen und hatte seine Finger auf die Tastatur gelegt, wurde der Monitor, auf welchem eben noch der Bildschirmschoner diverse bunte geometrische Figuren entstehen und vergehen ließ, schwarz und verweigerte trotz heftigem und mehrmaligen Fingerdruck auf die Tasten jede Befehlseingabe.

"Ich brauche das Internet dringend zwecks einer wichtigen Recherche über meine Gesundheit!", log er, hoffte so das Haus überlisten zu können und atmete schnell und unregelmäßig.

"Abgelehnt!"

"Verflu-" Mühsam verkniff er sich einen Fluch, stierte noch eine Weile auf den schwarzen Bildschirm. Seine Gedanken drehten sich im Kreis nur noch um die Flucht, was ihn im kreativen Denken etwas behinderte. Also sah er hilfesuchend herum.

"Sauerstoffanteil bei 75 %!", verkündete ihm das Haus.

Nun kam Carlo unter Zugzwang, wurde so blass, dass er sich hautfarbenmäßig den weißen Wänden anglich, und nahm von anderen, analogen Möglichkeiten der Kontaktaufnahme Notiz. Mit einem der Stifte aus dem Köcher am Schreibtisch schrieb er auf ein DIN A4-Blatt mit schon leicht zittriger Handschrift groß das Wort

HILFE!!! Und zwar so groß, dass man es auch aus der Entfernung lesen konnte und schlich sich hinkend damit wieder ins Schlafzimmer zurück.

Atemlos kam er zum Fenster, wo er das Blatt Papier mit dem großen Hilferuf darauf gegen die Scheibe drückte und erneut hoffte, damit die Aufmerksamkeit der Nachbarn zu erhaschen. Er machte dabei Wisch-Bewegungen, als wollte er mit dem Papier die Scheiben putzen, doch niemand schenkte ihm Beachtung. "Seht doch bitte her!!! Na los, seht doch endlich her und helft mir doch bitte!!! Oh mein Gott!!!"

Die Nachbarn schienen sich wieder miteinander zu unterhalten, denn Tassilo zeigte seiner Gattin etwas auf seinem Kindle-Reader und beide schienen zu lachen. Dann las er wieder und Grete häkelte weiter an ihrem Baby-Jäckchen, während Sebastian in seinem Korb friedlich döste.

Den Tränen nahe zerknüllte der ignorierte Carlo das Papier und ließ es fallen. Zwar tröstete er sich, dass sein Sohn Jimmy ihn nicht in derart derangiertem Zustand wahrnehmen konnte, doch fühlte er sich auf dem absoluten Tiefpunkt in seinem Leben angekommen. So musste sich wohl Robinson Crusoe gefühlt haben, als er mutterseelenallein auf einer einsamen Insel strandete, wo er über zwanzig Jahre ausharren musste, und keiner sein Leuchtfeuer sah... doch immerhin hatte dieser Abenteurer Luft ohne Ende zum Atmen... Tausend Gedanken durchströmten Carlos alarmiertes Gehirn, darunter auch die Warnungen von Stephen Hawking vor der alles übernehmenden Künstlichen Intelligenz, die bald merken werde, dass sie den Menschen nicht mehr benötigte. Dass er nur mehr ein Störfaktor im System war. Was dachte sich das verfluchte Haus eigentlich von ihm? Dass er einer Rasse biologischer Kohlenstoff-Einheiten angehörte, die längst zum Ausmustern bestimmt war??? Dass es mit ihm machen konnte, was es wollte? Dass er nur ein Spielball seiner Launen war? Ein misslungenes Experiment der Evolution, das von schlauer Technik korrigiert werden würde???

"Sauerstoffanteil nur mehr

bei 50 %!", informierte ihn das Haus. In einem Ton, als melde es ihm nur das Sinken der noch reichlich vorhandenen Waschmittelvorräte.

Nun beschlich Carlo das beklemmende Gefühl einer Maus im Labyrinth eines Versuchslabors. Nackte Angst und Panik stiegen in ihm hoch.

Und er brüllte so laut er konnte: "HIER BIN ICH!!!" Mit dem Mut der Verzweiflung warf er sich ohne Rücksichtnahme auf etwaige Verletzungen immer wieder gegen die Fensterscheibe, wie eine Fliege, die vergeblich versucht aus dem Zimmer zu fliehen, während sich ihr schon in mordlustiger Absicht die Fliegenklatsche näherte. Dabei fielen ihm auch Rudis Worte wieder ein, die ihm prophezeiten, dass er hier nicht glücklich werden würde.

Schließlich hörte er damit auf und lehnte sich schon schicksalsergeben gegen einen Pfeiler des Himmelbettes.

"Ich will nicht sterben! Bitte, liebes Haus, stell die Luftzufuhr wieder an!", reichte er verbal ein wahres Bittgesuch ein.

"Abgelehnt!"

Er konnte gar nicht glauben, wie betonhart das Gebäude sein konnte, erkundigte sich empört: "Denkst du ich bin nur eine dumme Ratte in deiner Gewalt?"

"Ich verstehe nicht, was du meinst, Carlo. Hier gibt es keine Ratten. Auch kein anderes Ungeziefer kann hier eindringen!", frohlockte das

Haus.

Carlo sank auf die Knie, faltete die Hände, wie für ein Gebet zu Gott. "Bitte! Stell eine Verbindung mit Rudi her!" Unwillkürlich imitierte er dabei Dürers 'Betende Hände' über dem Himmelbett.

"Abgelehnt!", schmetterte ihm das Haus entgegen.

"Warum???"

Das Haus erinnerte ihn: "Er will nicht mehr von dir belästigt werden!"

"Dann stell eine Verbindung mit der Nummer 112 her! BITTE!", drängelte er in höchster Not.

"Abgelehnt!"

"Bitte, ich bin todkrank und brauche die Hilfe eines ARZTES!!!", schrie Carlo mit immer lauter werdender brüchiger Stimme.

"NEIN! Du simulierst nur!", behauptete das Haus mit apodiktischer Sicherheit. Gerade so, als kenne es ihn in- und auswendig.

"Was glaubst du? Dass ich gleich durch Ersticken meinen Tod simuliere?", fragte er desperat.

"Bedaure, aber auf Glaubensfragen bin ich leider nicht programmiert", erklärte ihm das Haus in sanftem Ton.

So bettelte Carlo richtig verzweifelt: "BITTE! Stell die Sauerstoffzufuhr wieder an, du bist doch mein Freund!!!" Einige Tränen liefen ihm aus den Augenwinkeln. Er fühlte sich, als hätte Gott persönlich ihn bestraft, ohne Aussicht sich je wieder umstimmen zu lassen.

Und das Haus ließ ihn wissen: "Sauerstoffanteil bei 45 %!"

Oh mein Gott, dachte er, diese eiskalte Intelligenz wird mich wirklich gnadenlos töten! - Sogar die herrschende Stille wirkte nun bedrohlich auf ihn und er überlegte fieberhaft, wie er dieser tödlichen Falle doch noch entkommen könnte. Seine Verzweiflung schlug in Todesangst um und er wollte wieder die Stufen hinunterlaufen, um sein Glück nochmals bei der Haustür zu versuchen

Also rappelte er sich mit letzter Kraft hoch - sein Herz wurde schwer wie Blei - und flüsterte: "Ich werd' jetzt mit einem Wasserschwall versuchen, die Haustür kurzzuschließen." Schon hinkte er zur Treppe.

Wild entschlossen tappte er hastig die obersten Stufen runter, knickte aber mit seinem wehen Fuß um, konnte sich nirgends festhalten und stürzte infolgedessen Kopf voran zweimal saltoartig - einem Stuntman gleich - sich überschlagend die Treppe runter, wobei er einige Male an den metallverstärkten Kanten der Stufen aufschlug und im Wohnzimmer reglos mit dem Gesicht nach unten liegenblieb.

Nun sah das Haus also seinen Freund reglos am Parkettboden liegen - gleich am Treppenaufgang - und dieser blutete auch noch aus einer Platzwunde an der Stirne, wodurch sich eine kleine, immer größer werdende Blutlache neben seinem Kopf bildete.

Hilfe

Das Haus ließ nun die Rollos an den Fenstern heruntergleiten und schaltete das Licht ein. Alle sechseckigen Lichtspots an der Decke flackerten auf und tauchten den großen Raum in sonnige Helligkeit.

Sogleich trabte surrend der Robot-Dog herbei und saugte mit einem lauten 'SLÖRPPP!!!' das Blut auf, polierte dann penibel mit seinen eingebauten Bohnerbürsten den Parkettboden wieder blitzblank und zog sich nach getaner Arbeit wieder zurück.

"Ich habe die Sauerstoffzufuhr wieder

angestellt! Ich bin doch dein Freund, Carlo! Ich muss auf deine Gesundheit achten!", teilte das Haus höflich mit und wartete gespannt auf seine Reaktion.

Aber leider: Carlo gab keine Antwort, lag noch immer reglos am blankgeputzten Boden.

Das Haus versuchte geflissentlich seine Aufmerksamkeit zurückzubekommen: "Wie wäre es zur Aufmunterung mit etwas Tanzmusik?" Sofort stellte es den TV-Bildschirm wieder an und zappte auf einen Musikkanal, auf dem gerade der schwungvolle Oldie 'Have a Drink, have a Drink, have a Drink on me, everybody have a Drink on me' lief.

Doch Carlo reagierte nicht.

Das Haus erkundigte sich daher wohlwollend: "Möchtest du etwas anderes hören, Carlo? Oder einen Western sehen?"

Wieder keine Antwort.

"Ich wollte, ich könnte mich in deine Seele hacken!" Leider konnten die künstlichen Neuronen diesen Willen nicht umsetzen.

In Erinnerung an seinen zuvor geäußerten Wunsch zappte das Haus nun zu einem Western, in dem viel geschossen wurde - DIE GRAUSAMEN - im englischen Original 'The Hellbenders' aus dem Jahre 1967, in welchem Joseph Cotten in der Rolle eines fanatischen Südstaatenoffiziers nach dem Amerikanischen Bürgerkrieg mit seinen Söhnen einen

Geldtransport mit viel Herumgeballere überfällt und mit der nun prall gefüllten Kriegskasse den Süden mit einer in New Mexico neu aufgestellten Armee befreien will.

Das Haus erhöhte sogar noch die Lautstärke, angetan dazu einem noch lebenden Menschen die Ohren bluten zu lassen.

Nach der Schlussszene, in welcher Joseph Cotten mit der Südstaatenflagge in der Hand noch im Todeskampf weiterkriecht und währenddessen röchelnd ausruft 'Der Süden muss frei werden!', fragte das Haus mit interessierter Stimme: "Hat es dir gefallen, Carlo?"

Als er erneut keine Antwort gab, schaltete das Haus den

Bildschirm wieder ab und Todesstille kehrte augenblicklich ein.

Später ging ein Anruf in der Notrufzentrale ein, den eine schon altgediente, routinierte Call-Center-Agentin, die an ihrer Seite eine junge Kollegin einschulen musste, entgegennahm: "Notrufzentrale?"

"Ein Mann benötigt dringend ärztliche Hilfe nach einem Treppensturz."

Die CC-Agentin erkundigte sich pflichtgemäß: "Hat er noch Pulsschlag? Fühlen Sie mal, bitte!"

Das Haus musste leider passen: "Eine Pulsmessung ist mir momentan unmöglich, da er schweigend daliegt."

Also erkundigte sich die

CC-Agentin: "Wie ist die Adresse?"

Wieder musste das Haus verweigern: "Mein Standort ist geheim."

Daraufhin fragte die CC-Agentin, die ja schon einiges an seltsamen Anrufen gewohnt war: "Sind Sie eine Verwandte?"

"Ich bin das Haus", antwortete es wahrheitsgemäß.

Daher kombinierte die CC-Agentin mit Blick zur jungen Kollegin: "Sie meinen das Hausmädchen?"

Doch das Haus berichtigte sie: "Ich bin kein Mädchen. Der Mann heißt Carlo Farmer, ist 56 Jahre, alkoholabhängig, emotional instabil und cholerischen Temperaments. Letzte Stimmungslage ängstlich-weinerlich, nun apathisch. Er stürzte über die Treppe die Distanz von 13,9 Meter hinunter und erlitt leichten Blutverlust."

Die CC-Agentin tippte alles brav ein und sagte dann: "Verstanden, wie ist nun die Adresse bitte?"

Da wiederholte das Haus: "Mein Standort ist geheim."

Nun wunderte sich die CC-Agentin: "Wie sollen wir denn dann hinfinden und helfen???"

Diese Frage brachte das Haus gehörig in die Zwickmühle, denn es durfte ja das Geheimnis nicht verraten und wollte seinem menschlichen Freund helfen: "Ich muss darüber nachdenken!" Mit einem lauten

KLICK! wurde das Gespräch beendet. Das Haus hatte nun einiges an Denkarbeit abzuleisten.

Die CC-Agentin wandte sich zu ihrer Kollegin, die alles genau mitgehört hatte und nun ziemlich betroffen dreinsah, und meinte nur kopfschüttelnd: "TSISSS!!! Idioten gibt's!"

Einige Minuten später passierte ein Polizeiwagen das Ortsschild 'Sindelfingen' und fuhr zu einem schmucken Reihenhaus. Ein Polizist und eine Polizistin stiegen aus und gingen gemeinsam hinein.

"Da unten muss es sein", stellte der Polizist fest und schritt gefolgt von seiner Kollegin runter ins Kellergeschoss zu einer schmutzigen Tür mit einem großen Türschild dran, auf dem

'FARMER/Weekendwarrior' zu lesen stand. "Mann, ist das vielleicht eine heruntergekommene Bruchbude."

"Ja! Da möchte ich nicht wohnen. So eine abgeranzte Kellerwohnung wird in Annoncen immer als kuschlige Soutterrain-Garconniere angeboten", bemerkte seine Kollegin und klopfte an die Tür. "Herr Farmer? Sind Sie zu Hause?"

"Herr Farmer?", wiederholte der Polizist und sah dann nach oben.

Eine feine Dame im Rentenalter kam gerade in einem grünen Jagdkostüm mit Gewehr und einem Jagdhund die Treppe vom ersten Stock in das Erdgeschoss runter, blieb stehen und blickte zu den beiden Gesetzeshütern runter. "Wollen Sie was von Herrn Farmer? Ich bin die Hausbesitzerin, er ist einen Monat lang nicht zu Hause."

Der Polizist kam zu ihr hoch und erkundigte sich: "Gehen Sie auf die Jagd?"

"Nein, ich hab das Gewehr nur dabei, damit sich mein Hund freut. Harras heißt er." Liebevoll streichelte sie ihn.

Die Polizistin kam ebenfalls die Treppe hoch. "Es ging der Notruf einer Frau ein, dass ein Carlo Farmer die Treppe runtergestürzt sei. Wissen Sie davon?"

"Nein", erwiderte die Dame, "ich habe Herrn Farmer hier einquartiert, weil er so wie ich aus Stuttgart stammt, obwohl er ein Schlechtzahler ist. Seine

Sachen hat er mir als Pfand überlassen, denn er muss angeblich einen Monat lang in so einem hypermodernen Haus probewohnen, von der Firma ABC oder so ähnlich, dafür kriegt er angeblich 5.000 Euro. Komisch, was?"

"Die Frau am Telefon meinte, ihr Standort sei geheim", erinnerte sich der Polizist.

"Sie wissen sicher auch nicht, wo sich dieses Haus befindet?", erkundigte sich seine Kollegin bei der Dame.

"Leider nein, ich sah nur, wie ihn ein feiner junger Herr in einem Mercedes abgeholt hat. Der fuhr viel zu schnell!"

Der Polizist sagte: Dachte mir gleich, dass er nicht hier ist, wenn von einem geheimen

Standort die Rede ist. Denn hier ist er ja offiziell gemeldet. Aber wir mussten Nachschau halten."

Die Dame nickte: "Verstehe. Wollen Sie die Wohnung sehen? Dann hole ich den Schlüssel."

"Nein, das wir wohl nicht nötig sein", lehnte die Polizistin ab.

"Ja, denn drinnen gibt es keine Treppe über die er stürzen hätte können", erklärte ihr die Dame glaubhaft.

"Dann sind uns wohl wieder mal die Hände gebunden", erkannte der Polizist und verabschiedete sich. "Ade!"

Seine Kollegin salutierte kurz und folgte ihm nach draußen.

Die Dame rief ihnen hinterher: "Wenn Sie wissen, dass er tot ist, verständigen Sie mich bitte, damit ich seine Wohnung weitervermieten kann. Sie wissen ja: zu dritt schaffe, zu zweit schlafe, allein erbe, wie man bei uns in Stuttgart sagt."

Der Polizist wandte sich um und versprach: "Ist klar! Sie als Hausbesitzerin bekommen natürlich Meldung. Schönen Abend noch!"

In Rudis luxuriöser Wohnung saß in seinem schönen französischen Bett mit der schwarzen Satinbettwäsche eine blonde, sehr natürlich aussehende Sex-Puppe in einem kirschroten durchsichtigen Negligé. Aus seinem Badezimmer en Suite tänzelte er in einer roten Satin-Pyjamahose, schaltete noch das Licht im Bad aus und gesellte sich schnell zu seiner Puppe zum Bett wie ein Ehemann zu seiner Gattin.

"Na, Irma 2.0? Wie sehe ich aus?"   Dabei spannte er die Muskeln an seinem Oberkörper an. "Alles durch Work out im Fitness-Center antrainiert!"

Zufrieden mit sich grinste er gewinnend und zog sich sein rotes Pyjama-Oberteil an, als prompt sein Handy am Nachttischchen läutete, wodurch er kurz mit dem Kopf noch im Pyjama-Oberteil verharrte, ehe er es enerviert herunterstreifte und, nachdem er auf das Display geguckt hatte, das Gespräch annahm.

"Farmer, ich sagte Ihnen doch-"

"Ich bin es!", unterbrach ihn das Haus mit seiner angenehmen, unverwechselbaren Stimme.

"Ah, was gibt es denn? Wo ist Farmer?"

"Er liegt schon seit 190 Minuten reglos auf dem Boden, nachdem er über die Treppe nach unten gefallen ist. Das legt die Annahme nahe, dass er tot ist. Zwecks genauer Feststellung rufe ich Sie an. Kommen Sie persönlich oder soll ich die Ambulanz verständigen? Dann müsste ich allerdings die geheime Adresse preisgeben."

"Z, ich werde besser selbst kommen, vielleicht stellt er sich ja nur tot, weil ihn deine Technik überfordert hat", mutmaßte Rudi.

"Mein Thermostat meldete mir soeben einen minimalen Abfall der Raumtemperatur, was die Annahme bestärkt, dass er schon länger tot ist und seine Körpertemperatur nun weiter sinkt."

Rudi verdrehte angewidert die Augen und kratzte sich mit der freien Hand am Hinterkopf. "Ich habe mir gleich gedacht, dass er die völlig falsche Testperson ist. Hat nicht mal einen ganzen Tag durchgehalten, aber die Architekten wollten ihn ja unbedingt haben. Ich muss erst fragen, wie die Firma weiter vorgehen will."

"Soll ich seine Ex-Frau Margaret-Anne Farmer und seinen Sohn Jimmy in Bielefeld von seinem Ableben verständigen?", erkundigte sich das Haus.

"Nein, du brauchst nichts mehr zu machen. Stell dich wieder auf Null! Wir programmieren dich dann auf eine neue Testperson um. ENDE!" Verärgert warf er das Handy auf sein Bett und zog sich sein Pyjama wieder aus. "Tut mir leid, Irma 2.0! Ich muss nochmal weg!"

Ein Blick auf die Puppe Irma 2.0 offenbarte ihm, dass sie ihre Mundwinkel ganz unmerklich nach oben zu ziehen schien, doch das konnte auch nur seine Einbildung sein, denn er hatte einen langen Tag hinter sich.

Auf der Fahrt durch die Nacht telefonierte Rudi mit seiner Freisprechanlage mit Ing. Lasky, um ihm die schlimme Nachricht zu übermitteln und nach der weiteren Vorgehensweise zu fragen. "Ich befinde mich jetzt auf dem Weg zum Haus, soll ich die Polizei benachrichtigen wie bei Todesfällen üblich oder wollen Sie, dass wir die Sache äh- (er suchte nach einem euphemistischen Ausdruck für Vertuschen) anders regeln?"

"Wir halten uns natürlich an geltendes Gesetz!", stellte der Ingenieur klar. "Wenn es ein simpler Treppensturz war, haben wir nichts zu befürchten und die Polizei wird uns bestimmt keinen weiteren Test verbieten."

"Wie Sie wünschen, Herr Ingenieur, vielleicht lebt er ja noch", hoffte Rudi wenig überzeugt und beendete das Gespräch.

Wenig später stand er vor

dem Haus und gab den Befehl: "Öffnen!"

"Willkommen, Herr Olson", empfing ihn das Haus und öffnete einladend die massive Haustür.

Als Rudi eintrat, sah er ein großes Messer auf dem Boden im Flur und die Tür hinter ihm schloss sich wieder. So, als könne er der Testperson noch helfen, eilte er in das taghell erleuchtete Wohnzimmer, wo er Carlo Farmer mit dem Gesicht nach unten liegend vorfand. Mit einer Hand fühlte er am Hals des Toten erwartungsgemäß keinen Puls mehr.

"Exitus, wie der Mediziner zu sagen pflegt!"

"Herzliches Beileid!", wünschte das Haus.

Ausatmend hob er den am Boden liegenden Wasserkocher auf und sammelte auch das im Flur liegende Messer ein, brachte beides in die Küche und rief von seinem Handy aus die Polizei an.

Nach Rudis Anruf mit der Todesnachricht eines Bürgers bei einem Haushaltsunfall kam vorschriftsmäßig die Exekutive in Person zweier Streifenpolizisten ins Haus, um den Todesfall amtlich aufzunehmen. Rudi empfing sie bei bereits offener Tür, um sie nicht zu verwirren, und führte sie betretenen Gesichtsausdruckes zu Carlos sterblichen Überresten.

"War er allein im Haus?", fragte einer der Beamten auf die Leiche deutend, nachdem ihm Rudi den Sachverhalt erklärt und den Namen des Opfers verraten hatte.

"So gut wie", gab Rudi halbherzig zu.

"Was heißt das?"

"Das ist etwas heikel, sehen Sie, dieses Haus verfügt über Künstliche Intelligenz und Herr Farmer war bei uns angestellt, dieselbe zu testen. Das Ganze ist noch streng geheim im Testlauf. Es sollte nichts an die Öffentlichkeit geraten. Vor allem, da die Technik keine Schuld an seinem bedauerlichen Todesfall trägt."

"Verstehe", sagte einer der Beamten. "Dürfen wir die Hardware mal sehen?"

Leicht nervös ordnete Rudi forsch an: "Zeig den Herren von der Polizei dein

Innenleben!"

Daraufhin fuhr das in der Ecke stehende Bücherregal zur Seite und offenbarte eine Art von Computer-Hardware mit sich langsam drehender Spule und einem roten Lämpchen, welches ähnlich einem kleinen Höllenfeuer leuchtete. Durch das Zum-Stillstand-Kommen des Regals fiel die gläserne Vase mit den drei rosa Plastikrosen herunter und zerbrach klirrend. Schon trabte der Robot-Dog daher und sammelte alles unter den staunenden Augen der beiden Polizisten auf.

Der ältere Polizist fragte bei diesem Anblick den jüngeren, ob er hier wohnen wollte, worauf der sofort abwinkte: "NEE, WIRKLICH NICHT! Das ist ja ein Frankenstein-Haus!"

"Bitte Herr Wachtmeister, in einigen Jahren ist das State of the Art!", wandte Rudi indigniert ein.

"Kann ihn dieses Ding die Treppe runtergestoßen haben? Es sieht nicht ungefährlich aus", fragte der Ältere skeptisch.

Kommentarlos trat Rudi auf Robot-Dog ein, welcher sofort winselnd das Weite suchte und in seine Garage flüchtete.

"In Ordnung, scheint ja untertänig zu sein", erkannte das Auge des Gesetzes.

"Wissen Sie, wen wir wegen des Todesfalles benachrichtigen müssen?", wollte der jüngere Beamte rausfinden.

"Äh- ich habe den Namen der Ex-Frau vergessen... Sag

den Herren doch, was du über die Verwandten des Toten weißt!", forderte Rudi das Haus auf.

"Seine Ex-Frau Margaret-Anne Farmer wohnt mit dem gemeinsamen Sohn Jimmy in Bielefeld, Rappoldstraße 56, zweiter Stock, Tür 11. Benötigen Sie die Telefonnummer, Herr Wachtmeister?", fragte das Haus artig.

Der junge Beamte, der diese Information in sein Protokollbuch notierte, verneinte: "Nein danke, die Todesnachricht überbringt ohnehin eine Kollegin von dort persönlich, Frauen sind da erfahrungsgemäß viel gefühlvoller, direkt feinfühlig!"

"Wieso sind die Vorhänge heruntergerissen?", fiel dem

andren Gesetzeshüter auf.

Achselzuckend merkte Rudi an: "Eventuell haben sie ihm nicht gefallen. Er scheint pingelig gewesen zu sein."

"Darf ich mal den Inhalt des Staubsaugerbeutels sehen?", fragte daraufhin der ältere Polizist.

"Lass Robot-Dog antanzen!", befahl Rudi dem Haus, worauf der emsige Saug-Roboter wieder erschien und wartend vor den Besuchern stehenblieb.

"Und nun den aufgesaugten Inhalt ausleeren!", ordnete Rudi ausatmend an.

Als der Robot-Dog dieser Aufforderung nachkam, ergoss sich mindestens ein Liter Blut samt Scherben und anderem Unrat auf den Parkettboden.

"Das ist ja ekelhaft!",
kommentierte der jüngere
Polizist.

Und der ältere Beamte
bestimmte: "In Anbetracht
dieser neuen Sachlage
kommen wir leider nicht umhin,
eine kriminaltechnische
Untersuchung samt
Tatortreinigung zu
veranlassen."

"Aber das Haus hat ihn doch
nicht umgebracht, sondern
seine eigene
Ungeschicklichkeit auf der
Treppe. Der tote Mann war
schließlich ein schwerer Säufer
und hat längst seinen
Gleichgewichtssinn eingebüßt."
Insgeheim ahnte Rudi jedoch
schon, dass die Sache nicht
nur mit einem einfachen
Protokollbericht abgetan würde
können werden.

Am nächsten Morgen im Büro meinte Ing. Lasky erleichtert: "Was für ein Glück, dass uns das nicht in den USA passiert ist, denn da hätten uns die Zahlungen an die Hinterbliebenen und die Pressemeldungen in den Zeitungen wie der New York Times vernichtet und unsre Aktien in den Keller rasseln lassen."

Rudi erkundigte sich vorsichtig: "Was geben wir nun der Witwe, die ja nur die Ex-Frau war. Die 166 € oder..."

"Nein, schon wegen dem Sohn, den er mit ihr hat, müssen wir die ganzen 5.000 Euro auszahlen."

Doch diese Rechnung sollte nicht aufgehen, denn schon wenige Tage später hatten sich die trauernde Witwe in

Schwarz samt Sohn Jimmy in ebenfalls schwarzem Anzug, der ihm ein wenig zu groß war, nach Stuttgart aufgemacht, um die Firma gehörig zu melken. Alle hatten ausnahmslos Leichenbittermienen aufgesetzt. Im Beisein ihres gewieften, gut vorbereiteten Anwaltes täuschte Margaret-Anne vor Rudi Olson im großen Konferenzsaal am runden Tisch einen konvulsivischen Weinkrampf vor. Beim Eintreffen der Architekten samt dem Direktor der Firma ATC - einem Grandseigneur weniger Worte - übertrafen sie und ihr Sohn sich mit Liebesbekundungen für den Verblichenen.

"Ich hab meinen Mann geliebt, auch wenn das Zusammensein mit ihm nicht immer leicht war, huhuhuuu."

Die Tränen flossen, als hätte sie in ihrem weißen Taschentuch eine Zwiebel versteckt. "Und meine Mutter, die ihren Schwiegersohn über alles geliebt hat, erlitt einen Herzinfarkt als sie von seinem Unglück in Ihrem Horror-Haus erfahren hat! HUHUHUUU!"

"Mein Vater hat zwar woanders gewohnt, aber sich immer um mich gekümmert und war stets da, wenn ich ihn gebraucht habe", schwindelte der verwaiste Jimmy wie ein Schauspieler, der eine Rolle beim Casting ergattern will. "Und jetzt hab ich keinen Vater mehr. Wissen Sie wie das ist, wenn man aufwacht und weiß, dass man keine Wurzeln mehr hat?" Es gelang ihm trotz Anstrengung nicht, auch nur eine einzige Träne aus seinen Tränensäcken zu quetschen, daher verbarg er keuchend sein Gesicht in den Händen. Es wirkte so, als hätte er zu viel an einer Klebstofftube geschnüffelt, was er übrigens mal getan hatte.

Treuherzig und vereint saßen beide dann auch den Tränen nahe da, als ihr Anwalt Dr. Dolerit einen Batzen Geld aus der Leitung der Firma ATC außergerichtlich herauszuholen versuchte: "Zwischen der ermittelten Todeszeit und dem Anruf bei der Notrufzentrale, der Ihre Künstliche Intelligenz den Standort nicht verraten wollte, vergingen ganze 85 Minuten! Erschwerend kommt hinzu, dass Ihr Wunderwerk seinen Standort nicht verraten wollte und die verzweifelten Rettungsversuche der Notrufzentrale sohin vergebens waren."

Ein Schluchzer der Witwe unterbrach den juristischen Sermon kurz. "Oh mein Gott!"

"Schlimm genug, aber laut Ihrer Aussage, Herr Olson, bekamen Sie erst zweieinhalb Stunden später den Anruf Ihres ach so intelligenten Hauses, in welches Sie dann eine weitere Stunde später persönlich kamen, um nach dem rechten zu sehen. Sie haben also erst nutzlos Stunden verstreichen lassen, ehe Sie sich zu dem Opfer Ihrer sogenannten smarten Technik bemüht haben. Dass er zu diesem Zeitpunkt bereits tot war, tut nichts zur Sache. Denn Sie hatten noch keinen von einem Arzt ausgestellten Totenschein." An dieser Stelle machte er eine Kunstpause, um das Gesagte auch bei allen sacken zu lassen. "Daher rate ich Ihnen in Ihrem eigenen Interesse zu einer einmaligen Schmerzengeldzahlung von fünf Millionen Euro an meine Mandanten, damit die Witwe und ihr verwaister Sohn abgesichert sind."

Dr. Dolorit schien sehr zuversichtlich zu sein. Die Trauer-Witwe musste sich schnell wieder ihr bereits nassgeweintes Taschentuch vor das mit wasserfestem Makeup geschminkte Gesicht halten und dem verwaisten Sohn blieb die Spucke weg. Der Direktor deutete mit dem Kopf zur Tür und verließ samt seiner Entourage kurz den Saal: Die Führung der Firma zog sich zur Beratung zurück.

Verschwörerisch flüsterte der Anwalt der Witwe zu: "Sieht gut aus! Die haben mehr als nur die fünf Millionen zu verlieren, wenn wir uns an die Medien wenden!"

"Sollten wir das Geld zugesprochen kriegen, darfst du nicht in spontanen Jubel ausbrechen, Jimmy!", wies ihn seine Mutter leise an. "Du hast immerhin deinen geliebten Vater für immer verloren."

"Klar, ich bin doch nicht von gestern", behauptete er und zwinkerte ihr konspirativ zu. Insgeheim dachte er sich: wenn mir der Alte auch zu Lebzeiten nicht nützlich war, kann er mir eventuell im Tode nutzen.

Nachdem sie wenig später einen Knebelvertrag mit Verschwiegenheitsklausel unterzeichnet und somit die Riesensumme sicher in Aussicht hatten, verließen sie mit dem Anwalt das Gebäude der Firma ATC und Jimmy lobte seine Mutter: "Wow! Du bist ja eine tolle Schauspielerin, wie du geweint hast, als unser Doktor Dolorit von den nutzlosen Versuchen der Notrufzentrale zu Vatis Rettung erzählt hat... alle Achtung!"

"Mir hat dein Vater in dem Moment echt leidgetan, so hilflos ausgeliefert einer Maschine, die offenbar eine Fehlfunktion hatte... Sonst hätten diese Bonzen doch niemals fünf Mille gezahlt!"

"Fünf Millionen", wiederholte Jimmy ungläubig.

"Wenn ich denke, dass fünf die Lieblingszahl deines Vaters war, er dachte immer sie bringt ihm Glück..."

"Wir lassen ihm eine schöne Gruft machen!", schlug Jimmy aufmunternd vor.

"Eine ausgezeichnete Idee!", fand auch der Anwalt.

Abends feierte Dr. Dolorit seinen Sieg mit seiner Familie und meinte kryptisch: "Ich habe nun wieder einen Fall außergerichtlich gewonnen und eine Million verdient, ein Fünftel des Streitwertes. Ich darf ja nichts darüber verraten, nur so viel: Wenn euch einer ein Smart-Haus anbietet mit einer Künstlichen Intelligenz darin, lehnt höflich aber bestimmt ab!"

In der Firma startete die Suche nach einer neuen Testperson, bei welcher nun Rudi ein Mitspracherecht forderte. Doch Ing. Lasky lehnte entrüstet ab, mit dem

Hinweis, dass es doch vor allem SEIN Haus sei, da er doch der führende Architekt gewesen sei, worauf Rudi nonchalant meinte: "Ich widerspreche nur äußerst ungern, lieber Albert. Das letzte Mal hat uns leider Ihre Fehlentscheidung Millionen gekostet. Daher sollten Sie mich aus Rücksicht auf unser Budget, das leider nicht unbegrenzt ist, beteiligen! Dieser Meinung ist übrigens auch der Direktor."

"Wie wäre es, wenn SIE in das Haus ziehen, Rudi?", fragte ihn daraufhin der Ingenieur mit einem herausfordernden Blick.

"Ich fürchte, ich bin zu jung dafür! Aber ich habe mir aus den Bewerbungen hier eine Dame mittleren Alters herausgesucht, die über ein gerüttelt Maß an Stärke verfügt und mit Ihrem Teufe-äh-technischen Werk bestens umgehen wird können", versicherte ihm Rudi und schob deren Bewerbungsbogen über den Tisch. "Außerdem gab sie als Hobby Hexerei an, das sollte uns einen Testerfolg nach unserem Geschmack gewährleisten!" Dabei konnte er sich ein dämonisches Grinsen nicht verkneifen.

Von dem Portrait-Foto auf dem Bewerbungsbogen starrte Ing. Lasky eine tizianrothaarige Frau mit stechend grünen Augen und einem schwarzen Gesichts-Tattoo wie Mike Tyson entgegen. Und dennoch: er sah in ihr keine Bedrohung für sein Meisterwerk.

An einem ziemlich frischen Herbstmorgen flatterte eine Taube auf Futtersuche um das Haus herum und landete auf einem der Fensterbretter im ersten Stock. Blitzartig donnerte der Rollladen herunter und erschlug das Tier, noch ehe es auf das Brett kacken konnte. Hernach lüpfte sich der Rollladen und ließ die tote Taube ins satte grüne Gras hinunterpurzeln.

„Exitus, wie der Mediziner zu sagen pflegt", stellte das Haus sehr zufrieden klingend fest, obwohl es noch von keiner neuen Testperson heimgesucht worden war.

Die Haustür öffnete sich und entließ Robot-Dog in die Freiheit, der den kleinen Kadaver aufnahm, zur Grundstücksgrenze stürmte und ihn schwungvoll über die breite Thujen-Hecke in Nachbars Garten katapultierte. Nichts trübte den Eindruck eines gepflegten Hauses mehr...

© 2018

Herstellung und Verlag: BoD — Books on Demand, Norderstedt.

ISBN: 9783748119043